KB207049

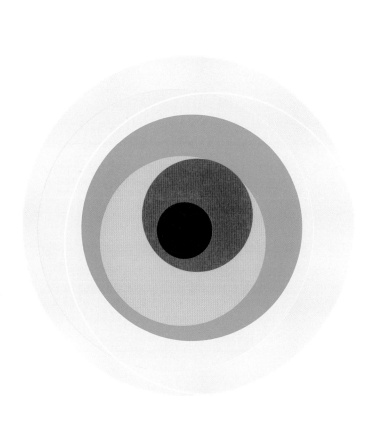

너랑 나랑 노랑

RED	BLUE	WHITE	YELLOW	GREEN	BLACK
-	-	-	-	-	-
Henri Matisse	Mary Cassatt	Edgar Degas	Odilon Redon	Chaim Soutine	Edvard Munch
Marc Chagall	Joan Miró	Maurice Utrillo	Paul Klee	Henri Rousseau	David A. Siqueiros
Ernst Ludwig Kirchner	René Magritte	Kazimir S. Malevich	Vincent van Gogh	Edward Hopper	Alexander Rodchenko
Robert Delaunay	Pablo Picasso	Alfred Sisley	Franz Marc	Umberto Boccioni	James A. M. Whistler
Emil Nolde	Claude Monet	Yves Tanguy	Gustav Klimt	Rob Gonsalves	Jackson Pollock

오은의 색 그림 책

ㄴㄴ 〉 〈 ㄷㄴ

Table of Contents

—
Prologue

색에 대한 궁색한 변명

우리가 색을 온전히 이해하는 것은 가능할까? 우리는 우리의 눈을 완벽히 믿을 수 있는가? 색의 경계는 칼로 무 자르듯 분명하고 명쾌할까? 생각해보라. 한없이 투명에 가까운 블루와 네이비블루는 얼마나 먼가. 카드뮴옐로와 니코틴옐로는 또 얼마나 가까운가. 우리는 매일 색을 섞어 이야기하지만 상대도 똑같이 머릿속으로 그 색을 떠올린다고 단언할 수는 없다. 가령, 지중해에 대한 이야기를 한다고 치자. 상대가 코발트블루라고 말할 때 내가 아콰마린을 떠올리지 않을 보장이 있는가.

따라서 이 책은 불가능성에서 출발했다고 해도 과언이 아니다. 색에 대해 감히 말한다는 것이 위험천만한 일임에도 불구하고, 나는 색에 사로잡혀 한동안 허우적거렸다. 색을 탐하고 색을 구하는 일은 지난하고 지지부진했다. 색을 쪼개고 분석하다가 나는 몇 번의 좌절을 겪어야만 했다. 그것은 내 한계를 뛰어넘는 일일 뿐만 아니라, 전혀 즐겁지도 않은 작업이었던 것이다. 문득 색을 언어로 기술한다는 것 자체가 어불성설이란 생각이 들었다. 나는 한 발짝 뒤로 물러서서 색에 직관적으로 접근하는 방식을 택했다. 그러고 나서야 겨우 한 문장을 쓸 수 있었다. 그리고 기다렸다는 듯 길고 긴 암중모색暗中摸色의 시간이 시작되었다.

여기에 실린 서른 점의 작품들은 하나의 색채가 작품 전체를 압도하는 경향을 띠고 있다. 물론 대상이 된 화가들 중 대다수는 우리가 흔히 '색채 화가'라고 부르는 이들이 아니다. 색채 화가로 그 대상을 한정했다면, 나는 아마 야수파와 표현주의의 굴레에서 결코 벗어날 수 없었을 것이다. 미술사적으로 볼 때, 개중 어떤 화가들은 형태나 상징, 기법 등 다른 잣대를 들이댔을 경우에 더욱 빛이 날 수도 있었다. 하지만 나는 조금 고집을 부려 오직 색에만 집중하기로 마음먹었다. 그림들을 오해하고 오독하기로 결정하고 나니, 마음껏 느끼고 상상하는 자유를 얻을 수 있었다. 색으로 떠나는 모험이 비로소 흥미진진해진 것이다.

책을 쓰면서 나는 직접 그 그림을 그린 화가가 되어보기도 하고, 때로는 화가와 멀찌감치 떨어진 곳에서 관찰자로 둔갑하기도 했다. 그림을 보고 느꼈던 여러 가지 소회를 시로 옮겨 적기도 하고 편지의 형태로 화가에게 되돌려보내기도 했다. 레시피를 만들고 화가와 가상의 인터뷰를 하고 그림 속 인물이 되어 모놀로그를 써보기도 했다. 이것은 분명 행복한 경험이었다. 나는 레드의 정열에 사로잡히고 블루의 안락에 빠졌다가도 블랙의 절대성에 무릎을 꿇어야만 했다. 옐로의 천진난만함에 한없이 밝아졌다가 그린의 싱그러움에 도취되었다가 종래에는 화이트의 결정타를 맞고 쓰러지는 일도 있었다. 색들이 나를 쥐락펴락하는 사이, 어느덧 나는 서른에서 서른하나가 되어 있었다.

내가 맨 처음 다룬 작품은 뭉크의 〈키스〉였고, 내가 마지막 마침표를 찍은 작품은 클림트의 〈키스〉였다. 키스에서 시작해서 키스로 끝난 셈이다. 서른 점의 작품을 마주할 때 나는 그야말로 키스하는 심정이었다. 정확히 말해 키스하기 직전의 심정이라고 표현해야 맞을 것 같다. 어떤 키스는 절박했고 어떤 키스는 짭조름했으며 또 어떤 키스는 황홀하면서도 강렬한 여운을 남겼다. 어렵사리 서른 번의 키스를 하고 나니, 입술은 다 헐고 궁색만이 남게 되었다. 가만히 더듬어보면 지금도 그 직전들의 두근거림을 느낄 수 있을 것만 같다. 이 키스의 숨결이 독자들에게 조금이라도 가닿기를 바란다.

궁색이 홍조로 물들길 염원하며,
2012년 3월, 서울에서 오은

–
Henri Matisse
Marc Chagall
Ernst Ludwig Kirchner
Robert Delaunay
Emil Nolde

1

생기 있게 식탁을 차리는 어떤 방법

앙리 마티스 〈붉은 조화〉

Henri Matisse, *Harmony in Red*

1908

레드는 탐스럽습니다. 레드는 모든 익는 것들의 종착지입니다. 익을 대로 익어서 언제 툭 터져버릴지 가슴을 졸이게 만듭니다. 레드의 단계를 지나면 만물은 곪거나 썩을 수밖에 없습니다. 사과의 숙명을 떠올려보십시오. 레드가 극에 달했을 때, 우리는 그것을 덥석 베어 물지 않으면 안 되잖아요. 레드는 가장 빛나는 한때고 누구에게나 있는 왕년입니다. 한번 지나가버리면 레드의 시기는 다시 찾아오지 않습니다. 사람들이 레드를 사랑하는 것도, 사랑을 레드로 표현하는 것도 다 이 때문입니다. 레드는 화려할 수밖에 없고 반짝하다 사라질 수도 있지만, 이 위험함이 레드를 더욱 돋보이게 만들어줍니다. 이것이 레드입니다. 따라서 사람들은 레드가 찾아오길 손꼽아 기다리지 않을 수 없습니다. 레드 카펫red carpet은 누구나 한 번쯤 서고 싶어하는 공간이고, 공휴일은 달력 위에서 레드 레터red letter로 우리의 마음을 설레게 합니다. 만약 인생의 가장 특별한 날에 식사를 한다고 칩시다. 당신은 어떤 공간에 앉아 포크와 나이프를 쥐고 싶은가요. 식탁보와 벽지에 무슨 색을 바르고 무슨 음식을 먹을 건가요. 인생의 정점을 맞이한 날, 방을 구성하기에 레드만큼 완벽한 색깔이 또 있을까요.

» 레드로 쓴 레시피 «
식탁을 차리는 순서

1

커다란 창이 달려 있는 방을 마련한다. 창은 크면 클수록 좋다. 창밖으로 끝없는 풀밭이 펼쳐져 있고 바람이 불 때마다 아카시아가 날리는 곳이라면 아주 이상적이다. 창이 없는 집이라면 액자를 걸어도 무방하다. 녹음이 물씬 풍겨 나는 그림이라면 창밖 풍경이 결코 부럽지 않을 것이다.

2

이제 시장에 가서 식탁을 구입한다. 기술이 있다면 나무를 잘라다가 직접 만들어도 좋다. 우리가 관심 있는 건 식탁의 가격이나 품질, 모양 따위가 아니다. 식탁은 말 그대로 음식을 차리는 공간일 뿐이지 않은가. 식탁의 크기 역시 문제가 되지 않는다. 음식 차릴 곳이 부족하다면 우리는 방의 남은 공간을 활용할 수도 있다. 요리와 마찬가지로, 식탁을 차리는 데에도 상상력이 매우 중요하다.

3

페인트칠을 시작한다. 이 단계에서는 동네에 있는 모든 종류의 붉은

페인트를 구하는 것이 관건이다. 페인트를 붓에 듬뿍 발라 칠하는 동안, 레드가 벽의 구석구석을 메우는 동안, 당신은 서서히 어떤 순간에 다가서는 자신의 모습을 발견할 수 있을 것이다. 오만 가지의 감정이 불쑥불쑥 솟아올라도 당황하거나 노여워해서는 안 된다. 레드가 또다른 레드와 섞여 제3의 레드가 되더라도 붓을 던져버리거나 울상을 지어서는 안 된다. 레드는 그런 식으로 자기 자신을 증명하고 확장하니 말이다. 당신은 그저 레드의 성질을 올곧이 받아들이면 된다. 레드를 지배하려고 하면 할수록 레드는 당신에게서 도망가려고 할 것이다. 레드와 함께하는 동안만큼은 당신은 노골적으로 기꺼워야 하고, 환희를 숨기지 말아야 한다. 레드 카펫을 까는 것은 생각처럼 그리 쉬운 일이 아니다. 이는 당신 스스로가 화가가 되고 요리사가 되고 인테리어 디자이너가 되는 과정이기 때문이다. 당신은 그야말로 모든 사람이 되어야 한다. 인생 최고의 순간을 맞이하기 위해 당신은 스스로 익어야 하고 붉게 물들어야 한다.

4

　　레드가 방 안에 가득 차오르면, 이제 본격적으로 데커레이션에 돌입해야 한다. 이는 레드만으로는 뭔가 부족해서가 아니다. 장식은 레드를 더욱 돋보이게 만들 것이다. 레드는 이미 뻔뻔할 정도로 완벽하고, 당신은 이 완벽함을 시인이라도 하듯 디테일에 시선을 돌려야 하는 것이다. 붓을 들어 그림을 그리든, 조각을 가져다놓든, 화병 속에 꽃을 꽂든 아무 상관 없다. 벽 위에 꽃이 꽂힌 화병을 그리는 것도 나쁘지 않을 것이다. 단지 그 것이 레드만 아니면 된다. 아니, 레드라도 상관없다. 그 누구도 레드의 욕 구를, 레드에의 욕망을 막을 수 없을 테니 말이다. 요란한 장식일수록 레 드를 더 돋보이게 해준다는 사실도 명심해야 한다. 그 어떤 장식도 레드를 잠식할 수 없다. 심지어 장식에 참여하고 있는 당신 자신의 존재마저도 레 드를 도드라지게 만들 것이다. 이처럼 레드는 고도로 고고하고 도도하다.

5

당신이 가장 열망하던 순서가 왔다. 다름 아닌 식탁을 차리는 일이 다. 물론 이는 네번째 단계와 순서를 바꾸어 행해도 아무런 문제가 되지 않는다. 당신이 좋아하는 음식을 중심으로 차려도 좋지만, 오늘의 주인공 이 레드임을 상기한다면 레드가 돋보이는 음식을 준비하는 편이 훨씬 나 을 것이다. 이 말을 들은 당신은 조금 뜨악해할지도 모른다. 당신 자신이 주인공이 아니냐며 원성을 높여 따진다 해도 조금도 이상하지 않다. 그러 나 레드를 존중하는 것은 당신 인생의 특별한 저녁에 대한 예우이기도 하 다. 인생의 가장 특별한 날이 더욱 붉고 화려하길 원하지 않는가? 개인적 으로는 사과나 레몬 같은 과일을 추천한다. 배치에 따라 레드를 더욱 레 드답게 만들 수 있기 때문이다. 당신은 아마 풋사과와 불긋불긋 익고 있는 사과, 잘 익은 사과가 레드 위에서 빚어내는 그윽한 향에 번쩍 놀랄 것이다. 이미 간파했겠지만, 레드는 모든 장식과 음식을 공간 속에 스며들게 하는 재주가 있다. 따라서 음식을 차리던 도중에 식탁이 없어져도 놀라면 안 된다. 공간이 2차원이 되었다고 해서, 높낮이가 없어졌다고 해서, 깊이가 사라졌다고 해서 장식들이 흐느적거리거나 음식들이 쏟아지진 않을 테니 말이다.

6

이제 당신이 꾸민 이 모든 것들을 감상하는 일만 남았다. 당신의 관심은 애초부터 식탁을 차리는 것까지로 예정되어 있었다. 당신은 표현을 위해 식탁을 차렸고, 그 말인즉슨 음식을 즐기는 일은 추후의 문제라는 것이다. 방 안을 죽 둘러보고 한없이 펼쳐져 있는 레드를 즐겨라. 장식들에 의해 돋보이면서도, 반대로 장식들을 돋보이게 해주는 레드의 힘을 느껴보란 말이다. 단지 레드를 위한 몇 가지 불문율을 지켰을 뿐인데도 당신의 방은 조금 더 조화로워졌고, 당신의 식사는, 당신의 인생은 그만큼 조금 더 흥미진진해졌다.

*

이 모든 순서가 잘 이해되지 않는다면, 그 이유는 바로 다음 세 가지

중 하나다. 당신은 당신의 심장 색깔을 아직 인지하지 못하고 있을 수도 있고, 알게 모르게 레드 콤플렉스에 사로잡혀 있을지도 모른다. 이 몰이해 는 어쩌면 당신이 아직 당신 인생의 정점에 다다르지 못했다는 증거이기 도 하다. 마지막의 경우라면, 당신은 행복한 고민에 빠져 있는 것이니 의 도적으로라도 설레려고 노력해야 한다. 레드를 만끽한 뒤로 점점 핏기를 잃어가는 사람들이 이 세상에 얼마나 차고 넘치는데!

Henri Matisse *1869-1954*

일전에 마티스는 자신의 에세이「The Role and Modalities of Colour」, 1945에서 이렇게 썼다. "음악가가 자신의 음악에서 음질을 유지하기 위해 애쓰듯, 색채 또한 반드시 지켜져야 할 고유한 아름다움이 있다. 그것은 색채의 신선미를 유지하는 데 있어 민감하게 반응하는 질서와 구성의 문제라고 할 수 있다…… 색채에 있어서는 결코 수량이 문제가 되지 않는다, 오히려 선택이 문제다." 그가 〈붉은 조화〉에서 레드를 맘껏 풀어놓은 것도 다 이 때문이다. 조화는 질서와 구성에 직결되는 요소고, 그 조화를 이룩하는 데 가장 적절한 색채가 (적어도 이 그림에서는) 바로 레드였기 때문이다. 결국 마티스는 "사실상 테이블을 그린 게 아니라, 자신을 사로잡은 감정을 그린 셈이다." 더없이 조화로운, 흔들림 없는 굳건한 감정.

2

기원으로 떠나는 모험

마르크 샤갈 〈타오르는 집〉

Marc Chagall, *La maison brûle*

1913

레드는 스스로 명제를 세우고, 곧바로 그것을 일그러
뜨립니다. 나는 정열과 화합하는가? 레드의 대답은,
망설임 없는 예스 앤드 노. 나는 치명적인가? 레드의
대답은, 그렇기도 하고 아니기도 하고. 레드는 자신의
성질을 부정하지는 않지만, 그것에 얽매일 필요가 없
다고 생각합니다. 레드는 언제나 잠재태로 남아 있고
싶고, 자신이 어떤 집합에 속하는 것을 결코 원치 않
습니다. 오히려 레드는 자신 앞에 '원초적인 강렬함',
'거부할 수 없는 매혹' 등 특정 딱지를 붙이는 사람들
에게 하소연합니다. 원초적이라고 해서 다 강렬한 것
은 아니잖아요. 거부할 수 있다면 매혹이 아니죠. 레
드는 붉은 머리 청년처럼 거침없고, 빨간 풍선처럼
하늘과 가장 잘 어울립니다. 밤이 왜 까맣고 노을이

왜 붉은지 아무 생각 없이 받아들이지는 마세요. 나는 맘만 먹으면 낮도 되고 밤도 될 수 있으니까요. 그리고 레드는 토마토처럼 웃으며 말하는 것입니다. 지금까지 한 말은 농담이었어요. 그러나 믿어주세요. 상상이 없었다면 이 모든 게, 심지어 당신이 나를 레드라고 명명하는 것조차도 불가능했을 테니 말에요. 나는 풍선이 되어 모험을 떠날 겁니다. 이것은 선언이 아니라 참이라는 명제입니다. 따라올 테면 한번 따라와보세요.

» 새빨간 참말 «

아그니와 아키바에게●

내 이름은 마르크 샤갈, 화가로서 몇 가지 질문을 던지려고 이렇게 펜을 들었습니다. 아니, 사실 화가는 제가 지닌 가장 그럴듯한 허울일 뿐입니다. 솔직히 말해서, 오늘은 몽상가로서 당신에게 접선하는 거예요. 화가가 그림만 그린다면 붓을 든 미라와 다를 바가 뭐 있겠습니까.

얼마 전에 나는 그림을 하나 그렸습니다. 〈타오르는 집〉이라는 작품이지요. 내게 열광하는 몇몇 이들이 또다시 탄성을 질렀죠. 하긴 그들은 내가 물감만 꺼내들어도 호들갑을 떨곤 한답니다. 그들 중 누군가가 이런 말을 했던 것 같아요. "이렇게 동화적인 레드는 처음이에요. 불이 나는 공간이 이렇게 낭만적일 수 있다니!"

나는 사람들의 말을 주의 깊게 듣는 편은 아니랍니다. 그것들은 대부분 거북한 아부 아니면 몰상식한 인신공격이거든요. 하지만 집에 돌아와 세수를 하다가 갑자기 코피가 터지고 말았답니다. 나는 휴지로 코를 틀어막고 소파에 몸을 던졌어요. 문득 '동화적인 레드'라는 예의 그 말이 떠올랐답니다. 겉으로는 아닌 척했지만, 실은 줄곧 그 말에 대해 신경 쓰고 있

●아그니는 힌두교 신화에 등장하는 불의 신이다. 모든 제사의 제물은 아그니에게 바쳐졌다. 아그니는 신과 인간 사이를 연결해주는 사절 역할도 행했다고 한다. 마찬가지로, 아키바는 일본 신화에 등장하는 불의 신의 이름이다.

었던 겁니다. 코피가 잔뜩 묻어 있는 휴지를 바라보며, 나는 동화적인 레드에 대해 곰곰 생각했습니다.

나는 나의 레드에 대해 골몰하기 시작했습니다. 코웃음을 치며 그냥 넘길 수도 있었지만, 어느덧 이 문제는 내게 너무나도 중요한 것이 되었죠. 한번 생각해보세요. 불의 색깔을, 그리고 코피의 색깔을 재현해내는 게 감히 가능할까요. 제아무리 거칠게 붓을 놀린다 해도 불이 지닌 야수적인 면모를 완벽히 포착해낼 수 있을까요. 제아무리 물감을 섞고 그것을 캔버스에 잔뜩 찍어 바른들, 코피의 점성까지 온전히 그려낼 수 있을까요. 우리 화가들이란 그저 뉘앙스나 전달하는 전령사일지도 모른다고 생각하니, 문득 등골이 오싹해졌습니다.

나는 부끄러웠습니다. 우리가 인간이라고 해서 유기체에 대해 잘 알아야 할 의무는 없지 않습니까. 우리는 그저 유기체로서 삶을 살 뿐이니까요. 하지만 생물학자는 다르겠죠. 몇몇 독하고 치밀한 기업가들 역시 그럴 테고요. 예술의 영역으로 넘어오면 이 문제는 책임감 이상의 무언가를 요구합니다. 화가가 색에, 시인이 언어에 천착하는 것은 유기체가 되는 과정보다 어쩌면 더욱 복잡하고 어려운 과정일지도 모릅니다. 그런데 나는 그동안 나의 색에 대해, 나의 레드에 대해 이다지도 무심했다니 부끄러울 수밖에요. 나는 기원으로 거슬러올라가기로 마음먹었습니다. 그러면 내 그림과 내 색채와 나 자신에 대해 어떤 갈피가 잡히겠지요.

아실 테지만, 나는 그림을 그리기 위해 파리에 왔습니다. 물론 그림을 파리에서만 그릴 수 있는 것은 아닙니다. 파리는 그저 무수한 도시 중 하나니까요. 게다가 이곳은 내가 지닌 색채 감각을 일깨워줄 만큼 화려하지도 않았습니다. 오히려 포도鋪道든 포도葡萄든 회색으로 칠해버릴 만큼 어둡고 잔인한 도시에 가까웠죠. 하지만 이곳에는 형언하기 힘든 자유로운 분위기가 있었습니다. 엄격한 사람들이 많았지만, 그만큼 그것을 조롱하는 사람들도 있었던 겁니다. 아폴리네르 같은 경우가 좋을 예일 것 같군요. 나는 그들과 종일 시시덕거리며 놀았어요. 장난을 치고 오락을 즐기고 그게 마치 유일하게 할 수 있는 일인 것처럼 말입니다.

어떻게 보면 나는 이곳에 한바탕 질펀하게 불을 지르고 싶었던 겁니다. 그 수단이 내게는 물감이었던 셈이죠. 아폴리네르가 글자들을 종이 위에 뚝뚝 떨어뜨렸다면, 저는 물감을 가지고 그렇게 해야 했습니다. 나는 색이 지닌 힘을 믿었거든요. 〈타오르는 집〉에서도 마찬가지였어요. 나는 집과 그 일대에 레드를 풀어놓았죠. 레드는 마치 은하수처럼 캔버스를 수놓았습니다. 그것은 정원에 만발하고 하늘을 뒤덮고 사람을 물들였습니다.

　나는 레드를 흘러가게 그대로 놔두었습니다. 캔버스가 끝없이 펼쳐져 있었다면 나는 계속해서 붓을 놀렸을 겁니다. 뜨악해하는 사람도 있었습니다. 그들은 입술을 비죽거리며 내 그림이 어린애의 그것 같다고 손가락질을 해댔죠. 그러나 한낮이 붉으면 안 되는 이유가 대체 어디 있단 말입니까. 창문에 키스 마크를 찍고 붉은 마차에 올라타는 게 과연 소녀들이나 가질 법한 환상일까요. 나는 제대로 된 모험을 위해 집을 태워버렸습니다. 지붕에 있던 사다리도 레드의 기운에 사로잡혀 사라지기 시작했습니다. 이런 식으로 나는 논리를 따지는 이들에게 안녕을 고했습니다.

　조금 거칠게 말하겠습니다. 나는 상상만으로 불을 지를 수 있는 시대가 와야 하지 않을까 생각합니다. 상상만으로 남자는 여자가 되고, 여자는 남자가, 남자는 또다른 남자가 되는 그런 시대 말입니다. 고리타분한 논리와 규칙이 모험과 상상력보다 덜 중요해진다면 이 세상은 좀더 재밌어질 텐데 말예요. 생각해보세요. 집이 뒤집어져도, 밤이 낮이 되어도, 땅이 하늘에게 비를 뿌려도 전혀 이상하지 않은 세계라니! 하나의 색이 하나의 그림을 지배하고, 하나의 그림이 하나의 꿈이 된다면 어떨까요. 하나의 색이 하나의 뜻을 지니지 않고, 하나의 뜻이 사람들에게 다양한 감정을 불러일으킨다면 어떨까요.

    따라서 제게 레드는 레드 그 자체이면서 그 이상입니다. 그것은 상상의 세계를 더욱 견고하고 특별한 공간으로 만들어주니까요. 소박하다고 해도 별수 없습니다. 그게 붓을 든 내가 가장 잘할 수 있는 것이니까요. 동화적인 레드를 만드는 것. 레드에 대한 기존의 생각들을 전복하는 것. 방화를 낭만화하는 것. 견고한 것들에 불을 지르는 것.

    불을 지른다는 것은 또 무슨 뜻일까요. 나는 내 온몸이 들을 수 있게 또박또박 물었습니다. 그것은 일차적으로 기원을 파괴하는 것이지요. 기원을 파괴함으로써 기원으로 돌아가자는 것. 아담과 이브와 재회하는 것. 그렇다면 타오른다는 것은 또 무슨 의미일까요. 내가 내 몸의 꺼풀을 벗어던지는 것. 그렇게 함으로써 새로 태어나는 것. 상상력으로 자기 자신을 다시금 창조하는 것. 세계관을 재정립하는 것.

    나는 마차를 타고 밤과 낮의 경계를 가로질렀습니다. 붉은 하늘은 나를 반겨줄까요. 나는 어디에 가닿을 수 있을까요. 내 종착지에는 장미가 탐스럽게 피어 있을까요. 어머니는 자신이 붉게 물드는 것도 모른 채 언제까지고 나를 배웅할 수 있을까요. 밤이 사라지고 우리 집이, 이 세계가 활활 타오르는데도 엄숙한 어른들은 그때까지도 에헴에헴, 헛기침만 해대고 있을까요. 내 질문들은 던져지는 순간, 스스로 충만해졌습니다. 억지로 머리 싸매고 답을 구할 필요가 없었던 겁니다. 무한한 가능성을 안고, 그렇게 나의 레드는 태어났습니다. 마차를 타고 하늘에 풍덩 뛰어들며 레드는 한 점 열망이 된 것입니다.

이쯤 되니, 이 편지를 제대로 쓰고 있는지조차 혼돈스럽군요. 어쩌면 나는 번지수를 잘못 찾은 건지도 모릅니다. 마치 내 그림의 집에 걸린 문패처럼 말입니다. 그러나 나는 글자로 생각을 표현하는 사람은 아닙니다. 나에게는 색채가 말이고, 그것이 나만의 상상력을 작품으로 만들어주기 때문입니다. 어쩌면 이 편지는 나 자신에게 쓰는 것이었는지도 모르겠습니다. 내가 화가임을 다시금 일깨워줄 순간을 나는 고대해왔던 것일까요. 나는 〈타오르는 집〉을 그리며 나 자신이 붓을 들게 된 기원을 향해 모험을 떠나고 싶었던 것일까요.

나는 타오르는 집 앞에서 점점 프로메테우스가 되어갑니다. '먼저 생각하는 사람'으로서 캔버스에 계속해서 불을 질러댈 겁니다. 레드라는 두 글자가 캔버스 위에서 전부라는 두 글자가 되고 상상의 연소력이 바닥이 날 때까지 마차를 타고 하늘을 향해 달릴 겁니다. 레드의 잠재력이 다할 때까지 나는 태우고 또 타오를 겁니다. 이 삭막한 도시에서 가장 유순한 방화범이 될 거예요. 그게 죄가 될지언정 나는 상상을 포기할 수 없어요. 이 글을 쓰고 있는 지금도 가슴속에서 불씨들이 스스로 제 몸을 긋고 팝콘처럼 피어나고 있는데.

p. s.

이 편지는 아마 부치지 못할 겁니다. 아마도 21세기에 누군가가 대신 부쳐줄지도 모르지요. 자기의 색, 혹은 자기의 언어로 뒤죽박죽 편집해서 말입니다. 그러나 용서하세요. 그 편지가 도착했다는 건, 상상력으로 구동되는 마차가 아직 달리는 중이라는 사실을 암시하는 것이니까요.

Marc Chagall *1887-1985*

샤갈은 "우리의 내면 세계는, 아마도 보이는 세계보다 더 리얼하다"고 말했다. 현실이 순탄하게 돌아갈 때조차 그의 마음속이 언제나 활활 타올랐던 것도 다 이 때문이다. 따라서 〈타오르는 집〉을 뒤덮은 레드는 그의 심리 상태를 묘사함과 동시에 꿈만 같은, 혹은 꿈만 같았던 현실을 대변해준다고 말할 수 있을 것이다. 마차를 향해 손을 뻗는 가운데 인물을 보라. 잔혹한 현실을 피해 내면 깊숙이 파고들려는 샤갈 자신의 굳건한 의지가 느껴지지 않는가. 마치 마차가 떠나면 곧 총칼을 든 군인이 장갑차를 끌고 돌아올 것을 미리 알고 있었다는 듯이. 그는 죽는 날까지 '사랑의 색채'에 대한 희망을 저버리지 않았지만, 타오르는 불안한 감정을 캔버스 위에 분출하지 않을 수 없었다. 그렇게 해서라도 꿈만 같은 기억 속으로, 기원 속으로 멀리 날아가려 했던 것이다.

3

미치기 싫은, 미칠 수밖에 없는

에른스트 키르히너 〈드레스덴 거리〉

Ernst Ludwig Kirchner, *Street, Dresden*

1908

레드는 불길합니다. 화약고처럼 언제 터질지 모릅니다. 피가 되어 흐르다가 어느 순간, 맘을 바꾸고 시체처럼 굳어버리지요. 레드는 변덕스럽습니다. 부글부글 끓다가 때때로 활활 타오르기도 합니다. 레드에 휩싸이면 그 누구도 쉽게 헤어나오지 못합니다. 레드는 집요하기 때문입니다. 누군가를 황홀경에 빠뜨린 다음, 뒤통수를 치는 것도 레드입니다. 레드는 포악하기 이를 데 없습니다. 레드는 사람을 미치게 만듭니다. 미치기 싫어도 미칠 수밖에 없게 만듭니다. 아무도 레드를 말리지 못합니다. 레드의 고집은 대단하니까요. 레드를 지켜본 사람들은 많아도 그와 대적해서 승리를 거둔 사람은 아직까지 없습니다. 레드에게 맞서다 카드를 받고 삶에서 퇴장당한 사람도 있어요. 이것이 레드입니다. 레드는 약한 사람에게 고약하고 강한 사람에게 완강합니다. 결코 누구도 봐주지 않습니다. 승리를 추악하게 만들고 패배를 비참하게 만들어버립니다. 레드는 절대적으로 절대적입니다.

» 불길한 불길 «

1908년 어느 날 오후, 키르히너는 문득 외출을 해야겠다고 마음먹었다. 찬장을 열어보니 빵과 치즈도 다 떨어지고 없었다. 빵과 치즈가 없다는 사실을 아는 순간, 참을 수 없을 정도로 몹시 배가 고파졌다. 천장에서는 쥐들이 찍찍 소리를 내며 불길하게 울고 있었다. 주섬주섬 외투를 챙겨 입고 밖으로 나왔다. 불쾌한 냄새가 코를 찔렀다. '갓 구운 빵을 한입 먹으면 다 괜찮아질 거야.' 키르히너는 고개를 숙인 채 빵집을 향해 필사적으로 걷기 시작했다. 앞으로 몇 분간은 오로지 빵 생각만 하기로 했다.

빵집 굴뚝에서는 새카만 연기가 피어오르고 있었다. 키르히너는 뭔가 이상한 느낌이 들었지만, 굶주림이 극에 달해 그런 것이라고 스스로 못을 박았다. 돈을 지불하고 버터 바른 빵을 덥석 베어 물었다. 만족감이 들기는커녕 입안 가득 욕지기가 치밀어올랐다. 버터에서는 쿠린내가 나는 것 같았다. 빵이 목구멍을 넘어가기 직전, 그는 그것을 그만 바닥에 뱉고 말았다. 허기는 이미 사라지고 없었다. 빵집 주인에게 인사도 하지 않고 밖으로 허겁지겁 걸어나왔다. 인간에 대한 예의를 신경 쓸 만큼, 그 순간 그는 건강하지 않았다.

거리는 온갖 것들로 북적대고 있었다. 한 무리의 사람들이 광장에서 버스를 기다리고 있었다. '저 사람들은 과연 어디로 떠나는 것일까?' 거리 한복판에 서서, 키르히너는 잠시 동안 그들을 지켜보았다. 그들은 하나같이 다 붉은 얼굴을 하고 있었다. 그들의 거친 대화는 집 천장에서 자신을 괴롭히는 쥐의 울음소리처럼 들렸다. 보드카를 홀짝이며 총에 기름칠을 하고 있는 군인들의 모습도 보였다. 그제야 그는 이 막막함이 단순한 배고 픔 때문에 생겨난 것이 아님을 깨달았다.

거리는 뭔가에 홀려 있었다. 심상치 않은 기운이 거리 전체를 휘감고 있었다. 키르히너는 총체적인 불안감이 엄습해오는 것을 느꼈다. 창녀 몇이 곁에 다가와 그를 유혹하기 시작했다. 그들은 엑스터시에 빠져 뱀처럼 흐느적대고 있었다. 붉은 눈과 붉은 입술은 바라보는 것만으로도 충분히 치명적이었다. 키르히너는 이 저주받은 거리를 한시라도 빨리 벗어나야 겠다고 생각했다. 붉은 전차가 도착하고 사람들이 앞다투어 전차 위에 오르기 시작했다. 붉은 그림자를 포대처럼 질질 끌고 오르는 사람도 있었다. 그들의 실루엣은 거짓말보다 더 새빨개 보였다.

키르히너는 그날 저녁, 한동안 거들떠도 보지 않던 캔버스 앞에 섰다. 그는 이 무시무시한 기운을 기록하지 않으면 안 된다고 생각했다. 거리는 확실히 사람들을 미치게 만들고 있었다. 미치기 싫어도 소용없었다. 이 낌새는 전염병처럼 가차 없고 노골적이었다. 키르히너는 팔레트에 붉은 물감을 풀었다. 그리고 붉은 물감 위에 붉은 물감을 짜고 또 짰다. 그것이 더 붉어질 수 없을 만큼 붉어졌을 때, 그의 붓은 비로소 불길하게 움직이기 시작했다. 천장에서 쥐들이 불쾌하게 자꾸 찍찍거렸고, 이 울음소리가 그의 붓놀림을 더욱 자극했다.

키르히너는 결국 며칠 만에 그림을 완성하고, 그것을 〈드레스덴 거리〉라고 이름 붙였다. 오랜만에 집에 놀러 온 친구들은 그 그림을 보고 화들짝 놀랐다. 붉은 얼굴을 한 자들이 까만 모자를 쓰고 저승길에 오르는 것처럼 보인다고 말한 친구도 있었다. 사람들의 몸은 곡선처럼 유연하게 표현되었는데, 이는 마치 끔찍한 황홀경에 빠져 허우적대는 것처럼 보이기도 했다. 심지어 사탕을 든 아이에게마저도 순수함이 느껴지지 않았다. 가랑이를 벌리고 선 자세가 오히려 천박하고 도발적으로 보일 지경이었다.

화염에 휩싸인 듯 이글이글 타오르는 건 거리 바닥도 마찬가지였다. 바라보고만 있어도 당장 사람들을 집어삼킬 만한 위력이 느껴졌다. "이 불길함이 곧 불길처럼 번질 거야." 키르히너는 그림 앞에 서서 종종 혼잣말로 중얼거리곤 했다. 거리에 나가지 않은 게 벌써 한 달이 다 되어가고 있었다.

키르히너의 예언대로, 1914년에 드레스덴 거리는 불길에 휩싸이게 되었다. 그리고 그 불길은 몇 년 동안 꺼질 줄을 몰랐다. 제1차 세계대전이 터졌고, 독일은 난투가 벌어지는 바로 그 현장이었다. 사람들은 미치기 싫었지만, 미칠 수밖에 없었다. 미치지 않으면 한나절을 견뎌내기도 힘들었다. 붉은 물감을 뿌리지 않아도 이미 거리는 핏빛으로 물들어 있었다. 불길한 징조는 이렇게 순식간에 기억이 되고, 역사가 되었다.

5년 만에 전쟁이 끝났지만, 키르히너의 눈에 비친 세상은 여전히 붉은색이었다. 그는 붓을 놀려 레드가 창궐한 거리를 그리고 또 그렸다. 전쟁의 흔적들이 아직도 곳곳에 남아 있었다. 그것들은 하나같이 붉은빛을 띠고 있었다. 그는 고깃덩이처럼 잘린 상이군인의 팔을 그리고, 유태인의 머리에 낙인처럼 들러붙은 붉은 헤일로를 그렸다. 키르히너는 거의 10년째 신경질적으로 레드에 몰두하고 있었다. 레드는 다른 모든 색을 다 줘도 결코 바꾸지 않을, 그에게 어떤 절대적인 색채였다.

그의 그림을 본 사람들이 하나둘씩 등을 돌린 것도 비슷한 시기였다. 그림 속에 담긴 레드의 집요함에 사람들은 불편함을 호소하기 시작했다.

피 칠갑을 해놓은 그의 캔버스에 퇴폐적이라는 평이 쏟아졌다. 키르히너는 레드에 포박당한 나머지 자신도 결국 미쳐버린 게 아닐까 생각했다. 한동안 잠잠하던 쥐들이 또다시 천장을 쓸고 다니기 시작했다. 빵집 주인은 이제 키르히너를 거들떠도 보지 않았다. 하루아침에 퇴폐 예술가로 몰린 그는 좌절했다. 하지만 그를 더욱 좌절하게 만든 건 또 한 차례 무시무시한 기운이 다가오고 있다는 사실이었다.

키르히너는 스스로 삶에서 퇴장하기로 결심했다. 그는 떨리는 손으로 허공에 대고 마지막 마침표를 찍었다. 그것은 이 세계에서 가장 빽빽하고 붉은 점이었다. 창밖을 보니 붉은 전차가 그가 오르기만을 기다리고 있었다. 키르히너는 까만 중절모를 눌러쓰고 천천히 전차에 올랐다. 드레스덴 거리가 온몸으로 그에게 인사하고 있었다. 키르히너 스스로가 붉은 점이 되어 거리 저편으로 사라지는 데는 그리 오랜 시간이 걸리지 않았다. 그가 죽은 다음해, 제2차 세계대전이 터졌고 기다렸다는 듯 또다시 무차별한 살육이 시작되었다.

Ernst Ludwig Kirchner *1880-1938*

키르히너는 사물을 보이는 그대로 그리는 법이 없었다. 그에게는 사물의 외형을 정확하게 묘사하는 것보다 새로운 외관을 창조하는 일이 더 중요했다. 드레스덴 거리 또한 예외는 아니었다. 드레스덴 거리를 그릴 당시를 회고하며, 그는 "가장 무거운 짐은 전쟁이 주는 압박과 계속해서 증가하는 피상성"이라고 밝혔다. 키르히너가 보기에 드레스덴 거리에는 이 모든 징후들이 다 녹아들어가 있었다. "유혈의 카니발"이라고 칭할 만한 일들이 바야흐로 현장에서 벌어지고 있는 중이었다. 모든 것들이 뒤죽박죽 섞이고, 사람들은 비명 같기도 하고 신음 같기도 한 소리를 내뱉고 있었다. 수상한 기운과 더 수상한 표정, 그리고 더욱더 수상한 걸음걸이가 거리를 수놓고 있었다. 키르히너는 눈이 벌게져 오랫동안 거리를 바라보았다. 그렇게 세상에서 가장 불안한 레드가 태어났다.

춤추는 첨탑

로베르 들로네 〈붉은 탑〉

Robert Delaunay,

Champs de Mars: The Red Tower

1923

우리는 어디로 걸어가나요. 우리는 어디에 당도하기 위해 앞장서나요. 우리는 하늘을 올려다보고 계시를 받는 피조물처럼 입을 벌리지요. 우리는 걸음을 아직 그치지 않았어요. 대신 우리는 질문을 던지고 우리의 입이 대답할 때까지 기다려요. 우리는 우리가 해야 할 일에 대해 직감적으로 알고 있지만, 동시에 우리는 자신이 없어요. 우리는 우리가 얼마나 대단한지, 우리의 결합이 얼마나 공고할지 도무지 짐작할 수 없기 때문이에요. 따라서 우리는 불안하고 불만으로 가득 차 있어요. 그러나 우리의 걱정은 불필요하죠. 불한당이 되거나 불란한 상태를 꿈꾸며 자신의 그림자 쪽으로 고개를 돌린 자들도 있지만, 그래도 우리는 여전히 꿈틀거리는 에너지니까요. 우리는 그동안 힘겹게 달성한 과업들이 얼마나 볼품없는지 잘 알고 있어요. 우리는 광대 같은 얼굴을 하고 카네이션처럼 불쑥 피어나고 싶어요. 우리는 붉은 입술을 열고 묻지요. 우리는 지금 어디로 걸어가지? 우리는 어디에 당도하기 위해 앞장서는 거지? 우리는 광장으로 향해요. 우리의 슬로건은 단 하나. 선동하되 선동하지 않는 것. 우리는 노골적인 제스처와 포즈를 경멸해요. 우리는 붉은 망치와 붉은 정을 들고 붉은 대못과 붉은 철강을 신나게 요리할 거예요. 우리가 땀을 뻘뻘 흘리는 동안 우리의 발자국은 발광 다이오드처럼 발광發狂할 거예요. 그리하여 우리는 심장을 더욱 싱싱하게 태우며 행진, 행진, 행진하지요. 마치 우리에 갇혀 있다가 방금 풀려난 불개미 떼처럼 우리는, 우리는, 우리는……

» 혁명이 붉은 이유 «

몇 개의 든든한 약속이 있었습니다. 그것은 사실 우리에게 실질적인 도움을 주지는 않는 것들이었습니다. 까놓고 말해서 우리의 소득을 올려주거나 우리의 직위를 무기한 유지해주는 것은 아니었으니까요. 80일 안에 세계 여행을 한다거나 우주에 로켓을 발사하는 근사한 약속들이 우리에게 대체 뭘 해줄 수 있을까요. 어차피 그런 혜택은 우리가 누리기엔 불가능한 것들이잖아요. 우리를 소극적이라고 비난하거나 지레 포기하는 겁쟁이라고 일컫는 사람들도 있었습니다. 우리들 중 몇몇은 그저 우리는 분수를 아는 것이라고 나직이 뇌까리기도 했습니다.

우리는 대부분 무식해서 그 약속들이 무엇을 의미하는지 제대로 알지 못했습니다. TV에 양복을 입은 사람들이 나와서 우리가 발전하고 있으니 믿어달라고 말하더군요. 그러나 우리가 정말 발전하고 있는 걸까요? 발전을 하는 장본인이 우리가 맞긴 맞는 걸까요? 빨간 전원 버튼을 눌러 TV를 끄면 화들짝 붉은 여드름이 돋아났습니다. 우리는 막연하게 두근거렸습니다. 우리가 고작 줄 수 있는 건 약속에 대한 신뢰밖에 없었습니다. 우리는 약속에 대한 약속을 하고 기다리기 시작했습니다. 오래지 않아 그것은 우리의 꿈과 희망이 되었습니다.

　도시 중심에 탑을 건설하는 것도 그 든든한 약속 중 하나였습니다. 사실 우리가 탑에 올라가서 할 수 있는 일을 생각하면 우리가 이렇게까지 열광하는 게 조금 우습기도 했습니다. 탑의 꼭대기에 서서 도시 전체를 조망하는 것. 약동하는 심장에 손을 가져다대고 맑은 공기를 한 움큼 들이켜는 것. 그러나 10년이 지나도 우리가 그 순간을 기억할 수 있을까요. 우리는 아마 이 넓은 도시에서 내 땅이 채 몇 평 되지 않는다는 사실에 분개하고 고개를 푹 수그릴지도 모릅니다. 우리에겐 아직 그만한 열정이 없기 때문입니다.

　그러나 때가 되면 일이 일어나는 법입니다. 우리는 너무 순진한 나머지 한번 맺은 약속을 쉽게 잊지 못하거든요. 먼지가 풀풀 날리는 광장을 지날 때마다 우리는 조금씩 하늘에 가까워지고 있는 줄 알았습니다. 콜라나 햄버거 냄새가 나는 마천루들이 뚝딱뚝딱 솟을 때마다 우리는 우리의 탑 역시 한 층 한 층 올라가고 있다고 믿었습니다. 보이지 않는 손이 강철을 나르고 그것들을 제련해 켜켜이 쌓는다고 생각했던 겁니다. 우리는 무식한 나머지, '언젠가'라는 부사가 희망의 다른 표현이라고 알고 있었습니다.

그들은 결국 그들일 뿐이라는 사실을 깨닫는 데는 그리 오랜 시간이 걸리지 않았습니다. 그들이 '우리'라고 말할 때, 그 '우리'는 우리를 포함하지 않는다는 것을 알고 우리는 주저앉았습니다. 우리는 목 놓아 울거나 그러지는 않았지만, 많이 서글퍼졌습니다. 그간 우리가 믿었던 가치들이 와르르 무너져내리는 것 같았습니다. 우리는 입을 앙다물고 그들에게 편지를 썼습니다. 우리의 붉은 탑은 어디 있습니까. 우리의 약속은 아직도 유효합니까. 그러나 보낸 편지는 족족 반송되어 돌아왔습니다. 물론 뜯기지도 않은 채로요. 우리의 물음은 봉인된 상태로 쌓여만 갔습니다. 그들은 우리를 잊어버린 것일까요. 우리와의 약속은 그저 한때의 흥취에 불과했던 것일까요.

우리는 우리끼리 모이기 시작했습니다. 집에 갇힌 채로 브라운관만 빤히 쳐다보던 사람들이 하나둘 빠져나왔습니다. 다들 지칠 대로 지친 표정이었습니다. 우리는 우리의 숫자가 그렇게 많은지 미처 몰랐습니다. 우리는 우리가 모이면 사실상 모두가 된다는 사실도 덩달아 배웠습니다. 그리고 우리는 마치 사전에 약속이라도 한 듯 걷기 시작했습니다. 이 들끓는 분노를 어떻게 표현해야 할지 우리는 잘 알고 있었습니다. 한 손에는 철근을, 다른 한 손에는 망치를 들고 걸었습니다. 우리는 그들이 한 약속을 다름 아닌 우리가 지키기로 마음먹었습니다. 우리는 무식했지만 이번 약속을 지키지 않으면 '언젠가'라는 부사가 한층 더 막연해질 것이라고 느꼈습니다.

도시는 활기로 가득 차 있었습니다. 숨이 막힐 지경이었습니다. 그들이 발전이라 명명한 축조물들이 황홀하게 빛나고 있었습니다. 우리는 맥도널드와 코카콜라를 지나쳐 광장에 도착했습니다. 대형 광고는 온통 빨간색으로 도배되어 있었습니다. 우리들 중 상당수는 이미 소고기와 사카린에 중독되어 있었지만, 오늘만큼은 입맛을 다시지 않기로 결심했습니다. 광장은 이미 불그스름한 기운이 돌고 있었습니다. 우리는 광장에 서서 아름다움에 대해 생각했습니다. 그리고 러시아의 '붉은 광장'이 원래 '아름다운 광장'이었다는 사실을 떠올렸습니다. 우리는 정규 교육을 제대로 받지 못했지만 섬뜩한 사실들을 떠올리지 못할 만큼 무디지는 않았던 것입니다.

우리는 탑을 쌓았습니다. 태어날 때부터 붉은 철근과 붉은 대못을 다루는 법을 알고 있는 사람들처럼 말입니다. 햄버거 패티를 굽듯, 코카나무에서 열매를 따듯 우리의 일은 순조로웠습니다. 멀리서 쌍안경을 통해 우리를 지켜보는 그들의 모습이 보였습니다. 우리의 낯빛이 붉게 그을릴수록 그들은 점점 묘한 표정을 지었습니다. 우리는 상승하는 탑 위에서 그

모습을 묵묵히 지켜보았습니다. TV에서만 보던 그들이 우리를 지켜본다는 사실에 우리는 어깨가 약간 으쓱해지기도 했습니다. 레드의 부피가 늘어나고 레드의 키가 커질수록 우리의 약속도 팽창하는 느낌이었습니다.

우리는 높게 더 높게 탑을 쌓아올렸습니다. 맥도널드보다 높게, 코카콜라보다 더 높게. 정말이지 열정만 가지고 산이라도 옮길 수 있을 것 같았습니다. 우리는 서로의 가슴에 든 멍을 볼 때마다 창을 하나씩 뚫었습니다. 답답했던 가슴에 통로가 생기는 순간이었습니다. 우리는 벌겋게 달아오른 서로의 얼굴을 바라보며 생각했습니다. 시인만이 혁명이 붉은 이유를 설명할 수 있는 건 아니라고. 우리는 역사를 쓰고 있다는 생각에 전율하고, 건설적이라는 말이 무엇인지 몸소 터득했습니다. 그게 당시 우리의 일기였고, 삶을 구성하는 문장이었습니다.

우리의 탑은 끝도 없이 올라갔습니다. 그러나 정작 우리는 탑이 기울어지고 있다는 사실을 알지 못했습니다. 우리는 모두 탑 위에 올라가 있었으니까요. 쌍안경을 든 그들에게는 붉은 탑 위에 기생하는 불개미 떼처럼 보였을 겁니다. 바람이 조금이라도 세게 불면 우리는 흔들렸습니다. 우리는 탑이 흔들리고 있다는 사실을 알지 못했습니다. 그저 우리가 나부끼고 있다고 느꼈을 뿐이죠. 그러나 우리는 하나도 두렵지 않았습니다. 우리에겐 든든한 탑이 있었고 약속은 마침내 지켜졌으니까요.

　도시에 남은 철근이 더이상 존재하지 않고 우리의 심장이 더 강렬히 뛸 수 없을 지경에 이르렀을 때, 우리는 탑에서 내려왔습니다. 우리는 탑이 비뚜로 섰다는 사실을 알고 경악하거나 당황하지 않았습니다. 다만 껄껄 웃었을 뿐입니다. 생각해보세요. 기울어진 탑이라니, 탱탱한 철근이라니! 곧추선 탑은 아니었지만, 우리의 탑은 바람에 맞춰 율동을 할 수 있잖아요. 바람이 불 때마다 옆에 있던 건물들도 덩달아 흔들리기 시작했습니다. 흔들리지 않는 건 맥도널드와 코카콜라뿐이었습니다. 맥도널드의 맥이 빠지고 코카콜라의 코가 납작해지는 순간이었습니다. 그러나 음악 시간에 입을 벌리지 않는다면 대체 무슨 재미가 있겠어요.

　아름다운 광장. 탑은 붉게 물든 오후의 하늘마저 찔러버리고 날개를 달고 날아오를 것만 같았습니다. 눈빛만으로 우리는 서로에게 물었습니다. 우리가 대체 무엇을 한 거지? 우리 중 누구도 대답하지 않았습니다. 우리의 낯빛이, 우리의 심장이, 우리 앞에 우뚝 선 탑이 모든 것을 설명해주고 있었으니까요. 게다가 우리는 그들의 거짓말이 새빨갛다는 것을 증명해내었습니다. 당신에게도 묻겠습니다. 우리가 쌓아올린 것은 과연 무엇이었을까요? 그것은 그들이 그토록 들먹이기 좋아하는 영광이나 명성 같은 그럴싸한 가치였을까요? 당신의 대답을 기다리는 동안에도 우리는 탑에 오르고 또 오를 것입니다.

누가 하늘을 찔렀지? 누가 탑에 날개를 달아주었지? 저편에서 그들이 쑥덕거리기 시작했습니다. 이 물음에 대한 답을 하기에 우리는 이미 너무나 성스러웠습니다. 붉은 날개가 도시 전체를 덮었습니다. 그리고 우리는 가만히 탑이 되었습니다.

Robert Delaunay *1885-1941*

들로네는 자신에게 무척이나 중요한 것이 색채의 움직임을 관찰하는 것이라고 밝히며, 다음과 같이 말했다. "보는 것은 본질적으로 움직임이다." 우리의 시선이 위아래로, 또는 좌우로 움직일 때 우리가 바라보는 대상 또한 따라 움직인다는 것이다. 붉은 탑을 그릴 때에도 그의 눈은 시종 움직였고 그는 '어쩔 수 없이' 탑뿐만이 아니라 거리의 사람들, 주변 건물들, 심지어는 부옇게 일어나는 먼지까지도 바라볼 수밖에 없었다. 따라서 붉은 탑은 오롯하다기보다는 불안하고, 꼿꼿이 버틴다는 인상을 주기보다는 미묘하게 흔들리다가 맥도널드 햄버거의 케첩처럼 어느 순간 흘러내리는 것이다. 요컨대, 들로네는 시선의 이동이 가져다주는 색채의 리듬감에 푹 빠져 있었던 셈이다.

5

화염에 휩싸여 댄스, 댄스, 댄스

에밀 놀데 〈촛불 무희들〉

Emil Nolde, *Candle Dancers*

1912

레드의 기원은 불분명합니다. 가장 유력한 가설은 레드가 처음에 한 점의 불씨였다는 것입니다. 작지만 야무졌던 레드는 주변의 모든 것들을 동하게 만드는 재주를 지니고 있었습니다. 사람의 욕망을 들끓게 하고, 그것을 자양분으로 레드는 조금씩 성장했지요. 은밀한 페이스로 레드는 진화에 진화를 거듭한 것입니다. 그리고 이 거침없는 여정은 수십억 년 동안이나 계속되었습니다. 레드는 점점 불어나 칸나가 되고, 맨드라미가 되고, 태양이 되고, 참을 수 없는 에너지가 되었지요. 레드의 몸집에서 나오는 어마어마한 힘은 대지를 뒤엎고 지구상의 사람들을 내리쬐기에 부족함이 없었어요. 그러나 레드의 야심은 몸집보다 더 거대해서 레드는 결코 팽창을 멈출 수 없었습니다. 따라서 레드는 언제나 터지기 직전이고, 이 불안함은 흔히 '정열'이라는 근사한 말로 표현되지요. 모르긴 몰라도 레드는 아마 끝까지 갈 겁니다. 어느 순간 레드가 격정에 못 이겨 폭발하고 말 때, 절대로 눈을 꾹 감거나 고개를 돌려서는 안 돼요. 일생일대의 환희를 놓치기엔 우린 아직 너무나도 젊고 위태롭잖아요.

» 직감적으로 빨개지다 «

우리는 밤이 되길 기다렸어요. 정말이지 무슨 일이 벌어져도 단단히 벌어질 징조 같은 게 느껴졌거든요. 이런 말을 하긴 부끄럽지만, 지금껏 내 예감은 한 번도 틀린 적이 없었어요. 적어도 붉은 것에 대해선 말예요. 샐비어가 지붕 위에 후두두 떨어지는 꿈을 꾼 날, 놀랍게도 집에 불이 났어요. 성냥에 손댈 만큼 순진하거나 무모한 사람이 집 안에 아무도 없었는데도 말예요. 이뿐만이 아니에요. 상한 토마토를 먹고 배탈이 난 날, 누나는 처음으로 자궁에서 피를 쏟았죠. 허황된 생각이라며 날 비웃거나 일련의 사건들이 우연의 일치였을 뿐이라고 날 무시해도 좋아요. 어쨌든 오늘 밤은 당신의 얼굴보다 환하게 불타오를 테니까요.

곰곰 생각해보건대 나는 언제나 타오르고 싶어했던 것 같아요. 천재가 되고 싶다거나 단순히 세속적 성공을 꿈꾸었던 건 아녜요. 나는 그저 내 안에 꿈틀거리는 욕망을 어떻게 발산할 수 있을까 고민했던 것뿐이니까요. 몇 분의 고민만으로도 나는 쉽게 흥분하고 쉽게 도발되었죠. 석류 알들을 씹어 먹으며 동산에 누워 있는 시간은 언제나 고요하면서도 불안했어요. 알잖아요. 평온함이 계속될 때 위기에 대한 두려움이 극대화된다는 것을요. 마치 저녁 무렵의 하늘이 발갛게 물들다가 금세 시뻘게지는 것처럼 말예요.

태양을 볼 때마다 나는 가슴이 두근거렸어요. 종종 태양의 땀방울들이 내 양산을 뚫고, 내 피부를 뚫고, 급기야 내 심장을 뚫는 장면을 상상하곤 했지요. 그러면 기다렸다는 듯 내 피톨들이 미친 듯이 반응하고 내 몸은 슬슬 뜨거워지기 시작하는 거예요. 태양에 매료된 건 비단 랭보만은 아니었죠. 게다가 나는 태양에 가까워지기 위해 랭보처럼 에티오피아에 갈 필요도 없었죠. 이미 내 가슴은 수억 볼트의 화력으로 단단히 무장되어 있었으니까요. 물론 이런 나를 알아주는 이는 아무도 없었죠. 나는 친구가 별로 없었고 유파를 만들어 끼리끼리 뭉쳐 다니는 것에 신물이 난 상태였거든요.

내게 필요한 건 오직 태양과 불, 그리고 언제 어디서든 이것들을 잡아챌 수 있는 직감뿐이었어요. 회의주의에 침윤된 다른 친구들은 온종일 벽만 긁어대며 세계의 불안에 대해서 얘기하고 있었죠. 그러나 전쟁을 예언하는 것만이 내가 할 수 있는 유일한 일은 아니잖아요. 내겐 정열과 열정, 그리고 당장이라도 터질 것 같은 내 심장이 더 중요했다고요! 어떤 면에서 나는 비겁하다기보다 오히려 소박한 편이었죠. 붓을 든 내 손은 태양에 점차 가까워지고 그때마다 나는 오직 나만이 살아 있다고, 나만이 살아서 꿈틀거린다고 거들먹거렸어요. 그리고 바로 오늘이 온 거죠.

　오늘은 태양이 달의 그림자에 완전히 가려지는 날, 아침부터 온몸에 전율이 오기 시작했어요. 나는 곧 세상이 붉게 물들리라는 것을 잘 알고 있었어요. 무엇인가에 동화된다는 것은 언제나 낯설고 두려운 경험이지만, 그렇다고 해서 레드의 습격을 피할 생각은 전혀 없었죠. 바야흐로 레드에 젖을 시간이 슬금슬금 다가오고 있다니, 나는 내 몸 안의 에너지를 생짜로 발산할 생각에 그야말로 안달이 나 있었죠. 오후가 되자 퀭하게 꺼져 있던 두 눈은 다시 생기를 찾고, 결정적 순간을 기다리는 승냥이처럼 나는 종일 바닥에 납작 엎드려 있었어요.

　날이 어둑어둑해지고 나는 나 자신이 본류에 가까이 다가갔음을 감지했어요. 사람들은 내 그림을 원시적이라고 했지만 나는 오히려 원초적인 사람에 가까웠거든요. 나는 촛불을 켜서 바닥에 죽 늘어놓았어요. 그 순간을 맞이하기 위해 군이 무희 복장으로 갈아입을 필요도 없었죠. 나와 내 친구들은 몸뚱이와 붉은빛만 가지고도 충분히 근사해질 자신이 있었거든요. 이런 게 바로 낭만이라 부를 수 있는 게 아닐까요? 그저 두 눈을 마주 보고 씽긋 웃는 것만으로도 우리가 할 수 있는 준비는 모두 끝난 거

같았죠.

이윽고 태양이 완전히 뒤덮이고 사방이 순식간에 암흑에 휩싸였어요. 어제보다 한참 일찍 밤이 찾아온 거죠. 우리는 누가 먼저랄 것도 없이 다리를 들고 머리를 흔들며 춤을 추기 시작했어요. 음악 같은 것은 오히려 거추장스러울 지경이었죠. 촛불의 흔들림에 맞춰 스텝을 밟고 고개를 까닥거리며 팔과 다리를 뻗었죠. 정말이지 몸이 하늘 끝까지 쭉쭉 늘어나는 느낌이었어요. 우리는 살아 있다는 것을 비로소 실감했어요. 매일매일 끊임없이 산소를 들이켤 때조차 단 한 번도 느끼지 못했던 감동이었죠.

초는 무서운 속도로 타오르기 시작했어요. 우리는 촛불의 밝기에만 의지한 채 몸을 가누고 있었고요. 촛농이 바닥에 뚜두둑 떨어져 석류 알처럼 굳어갔고, 이내 대지가 뜨겁게 달구어지기 시작했어요. 우리의 몸짓 역시 점점 커지고 덩달아 체온도 상승하고 피도 맹렬한 기세로 흐르고 있었죠. 우리는 마치 영혼은 불타올라야 제 맛이라는 것을 몸소 보여주기라도 하듯 무아지경 상태에서 춤을 추고 있었던 거예요. 우리가 춤을 추는 건지 춤이 우리를 추는 건지 도저히 알 수 없었죠. 한 가지 분명한 사실은 우리가 결코 수동적인 삶을 살고 싶지는 않았다는 거예요.

붉게, 붉게, 더 붉게! 댄스, 댄스, 더 댄스! 화염 속에서 황홀해지는 것은 쉬 거부할 수 없는 유혹이었죠. 최면에 걸린 듯 너를 끌어들이고, 나 자신을 끌어들이고, 급기야 모든 것을 끌어들이고 나자 사방이 불타오르기 시작했어요. 미약한 불꽃 몇 송이로 출발한 우리는 어느새 거대한 불밭을 이루고 있었어요. 태양은 우리 곁에 없었지만 우리는 어떻게 하면 붉게 활활 타오를 수 있는지 이미 체득하고 있던 상태였죠. 이 모든 건 내면의 레드를 모조리 뽑아내는 과정에 다름 아니었어요.

촛불들은 하늘거리다가 팔랑거리다가 무섭게 요동치고 나는 이 세계의 리듬감에 몸을 완전히 맡겨버린 상태였죠. 몸 밖으로 독소 같은 레드가 빠져나가는 게 느껴졌어요. 몸 밖으로 빠져나온 레드는 하늘을 뒤덮고 대기에 진동하더니 어느새 대지 위에 유유히 흐르기 시작했어요. 그리고 사방이 레드에 완전히 잠식되었을 때, 나는 비로소 캔버스를 박차고 나올 수 있었어요. 캔버스는 수십 년간 나의 안식처이기도 했지만 동시에 나를 붙박아두었던 무시무시한 현장이었거든요. 모든 것이 레드에 잠겨버리고 그제야 나는 나 자신이 이 세계에 속하게 되었다는 사실을 알 수 있었죠. 나를 싸안고 있던 단단한 껍질이 부서지는 소리가 들렸어요. 나는 더이상 나 자신에 집착하지 않아도 되고 레드에 대한 직감에 휘말리지 않아도 된다는 걸 깨달았어요.

어느 순간 나는 춤을 추면서 그림을 그리고 있는 나 자신을 발견했어요. 이 세상은 기꺼이 두 팔 벌려 내 캔버스가 되어주었죠. 내 몸짓 너의 몸짓 하나하나가 그림이 되고, 태양이 되고, 급기야 더할 나위 없이 순수한 레드로 점화點化되고 있었죠. 태양이 다시 고개를 들기 시작했지만 나는 태양을 향해 고개를 들지 않았죠. 우리는 이미 하나의 온전한 태양이었고, 한번 시작한 춤을 멈추는 것은 불가능했으니까요.

Emil Nolde *1867-1956*

놀데는 〈촛불 무희들〉을 그릴 때, 색을 조심스럽게 사용하는 것을 경계했다. 지금은 비록 정지해 있을지라도 촛불은 바람이 불어오면 걷잡을 수 없이 흔들리고 번질 수 있으니 말이다. 그는 캔버스에 색을 찍는다는 느낌보다는 바른다는 느낌으로 붓을 놀렸다. 무희들의 춤과 촛불의 껌벅임에 맞춰 색이 점에서 덩어리로, 얼마 지나지 않아 덩어리가 마침내 소용돌이로 변모했다. 누가 시키지도 않았는데 무희들은 어느새 초를 신고 있었다. 초의 최면에 걸려 허우적대듯 그들은 시종 바삐 움직였다. 레드 역시 덩달아 붓끝에서 춤을 추기 시작했다. 마치 현장을 뒤덮은 대지와의 호흡을 놓치지 않기 위해 고래고래 악을 쓰듯이. 놀데가 생전에 "동요하는 색채colors in vibration"라고 부른 어떤 것이 캔버스 위에서 활활 타오르고 있는 중이었다.

—
Mary Cassatt
Joan Miró
René Magritte
Pablo Picasso
Claude Monet

오후 3시의 청사진

메리 커셋 〈파란 안락의자의 소녀〉
Mary Cassatt,
The Little Girl in a Blue Armchair
1878

블루는 흘러요. 블루는 멈춰 있어도 흐르는 것처럼 보여요. 정지된 상태에서도 파닥거릴 수 있지요. 날개를 지닌 블루는 언제나 꿈을 꿔요. 무엇이든 될 수 있고 무엇이든 할 수 있다고 믿지요. 따라서 블루는 오션ocean이 되기도 하고 프린트print가 되기도 하고 때때로 문moon이 되기도 해요. 어떤 영화감독은 블루를 가지고 벨벳velvet을 만들었고 뮤지션들은 블루를 가지고 아름다운 음악blues을 연주했지요. 블루는 월요일monday과 결합해서 사람들에게 피로를 안겨다주기

도 하지만 증권가에서는 여전히 우량주blue chip로 각
광받지요. 블루는 우울할 때도 있지만 끝까지 희망을
놓지 않아요. 약간 괴팍한 구석도 있지만 사람들이 결
코 버릴 수 없는 사랑스러운 존재가 바로 블루예요.
블루는 흐르고 흘러, 그 속에 파묻힌 사람들이 스스
로 넘실거릴 수 있게끔 도와주지요. 그 순간을 블루는
'푸름blueness'이라고 부른답니다.

» 코발트블루 품에서 꿈꾸다 «

메리는 어제 막 열한 살이 되었다. 귀국한 지 얼마 되지 않아 잔뜩 피곤한 상태였는데도 엄마는 딸을 위해 대규모로 파티를 열어주었다. 오후가 되자 메리의 친구들이 그저 예쁘기만 한 드레스를 입고 그녀의 집을 찾아왔다. 친구들이 걸음을 할 때마다 요즘 유행하는 리본 장식이 드레스 위에서 나풀거렸다. 명목상으로는 메리를 축하하기 위해 파티에 참석했지만 메리는 친구들이 실은 자신들의 아름다움을 뽐내기 위해 왔다는 것을 누구보다 잘 알고 있었다. 귀족 태생blue blood이었지만 메리는 의외로 올곧은 구석이 있었다. 친구들의 입에서 서로의 드레스에 대한 칭찬이 흘러나올 때마다 왠지 모르게 구역질이 났다. 생각 같아서는 며칠 전에 배운 '속물'이라는 단어를 내뱉고 싶었다. 메리는 친구들과의 대화에 곧 싫증이 났다. 그들의 과장된 말투에서 나오는 경박함을 참을 수 없었다.

저녁이 되자 야외에서 무도회가 열렸다. 메리는 그저 방 안에서 홀로 쉬고만 싶었다. 메리보다 세 살 위인 친구 그웬이 메리에게 다가와 다정하게 말을 걸었다. "오늘 기분이 별로인 모양이네. 밖에서는 다들 웃고 떠드느라 정신없는데. 그런데 지난 4년 동안의 유럽 여행은 즐거웠어?" 그웬은 이미 몇 년 전에 부모님을 따라 유럽을 여행한 적이 있었다. 유럽 여행은 당시 상류층이라면 누구나 한 번쯤 통과해야 할 관문과도 같은 것이었다. 메리는 가만히 고개를 끄덕이는 것으로 대답을 대신했다. 유럽 여행을 한 사실을 가지고 호들갑을 떨고 싶은 마음은 추호도 없었다.

메리는 창밖으로 무도회 풍경을 슬쩍 내려다보았다. 친구들은 고고함을 한껏 뽐내며 하나같이 어색한 스텝으로 춤을 추고 있었다. 그웬은 메리의 미온적인 태도에 심통이 나서 어느샌가 밖으로 나가버렸다. 예전의 메리 같으면 그웬에게 달려가 사과의 포옹을 했겠지만, 지금 그녀는 그럴 기분이 아니었다. 푸른빛의 소용돌이가 무서운 기세로 발끝에서 정수리 쪽으로 올라오고 있었다. 열한 살의 메리는 거대한 긴장감에 압도되어 난생처음 꿀꺽 침을 삼켜보았다. 식도로 넘어간 침이 소용돌이와 만나자 가슴이 두근거리기 시작했다. 메리는 지금 자신의 가슴속에 푸른 파도가 일렁이고 있다고 생각했다.

무도회장에 나타나지 않은 딸내미가 걱정됐는지 아버지가 메리의 방을 찾았다. 메리는 문득 사랑받고 싶은 충동이 들어 아버지에게 와락 안겨들었다.

"우리 딸 선물로 무얼 해주면 좋을까나. 커다란 리본이 달린 드레스를 사줄까?"

"드레스는 싫어요. 파란 안락의자를 갖고 싶어요. 많으면 많을수록 좋아요."

유럽 여행을 다닐 때부터 메리는 이미 지중해의 푸른빛에 흠뻑 빠져 있던 상태였다. 바다를 바라보고 있으면 온몸 가득 풍요로움에 젖어들다가도 어느 순간 그 속에 빨려들어갈 것 같은 두려움도 들었다. 이렇듯 바다가 품고 있는 블루의 풍부함이 메리는 마음에 들었다. 사람들은 그런 바다의 색깔을 흔히 에메랄드나 코발트블루라고 불렀다. 메리는 에메랄드와 코발트블루를 소리 내어 여러 번 발음해보았다. 그녀는 이 단어들의 어감이 처음부터 마음에 들었다. 실제로 보지 않고 몇 번 발음해보는 것만으로도 메리는 이 색들과 깊은 사랑에 빠졌다. 천천히 밀려와서 지중해를 촘촘히 수놓던 파도처럼, 그녀의 혈관 속에 푸른 알갱이들이 꼬무락거리는 게 느껴졌다.

어느새 무도회가 끝나고 지루하던 파티도 막을 내렸다. 친구들이 꼬리를 살랑거리며 현관을 나서는 모습을 메리는 조용히 내려다보았다. 그녀는 자신이 제 또래의 친구들보다 한 수 위임을 진작부터 깨닫고 있었다. 메리는 어쩜 자신의 오만함까지도 마음에 쏙 들었다. 남들은 당돌하다고 말할지 몰라도 그녀는 자신이 웬만큼 다 컸다고 생각하고 있었다. 어른들이 아직까지 자기를 아이 취급하는 것도 마뜩지 않았다. 자신이 특별한 존재라는 걸 깨닫기 위해 메리는 굳이 리본이 치렁치렁한 드레스를 입을 필요도 없었다. 이제 무엇으로 그것을 증명해 보이는가 하는 문제만 남아 있었다.

　　며칠 후 파란 안락의자가 두 개 배달되어 왔다. 메리는 아버지에게 더 많은 안락의자가 필요하다고 말했다. 파란색이 아니면 안 된다고 못을 박는 것도 잊지 않았다. 아버지는 파란 안락의자를 더 주문했고, 이 과정이 몇 번 더 반복되었다. 메리는 얼마나 더 많은 파란 안락의자가 있어야 자신이 안락함을 되찾을 수 있을지 알지 못했다. 단지 그녀가 할 수 있었던 것은 파란 안락의자에 앉아 골똘히 생각에 잠기는 일뿐이었다. 메리는 자신이 무엇을 원하는지 정확히 알지 못했다. 유럽 여행이 그녀를 변하게 한 것만은 분명했지만, 갈피는 잡힐 듯 잡힐 듯 도무지 잡히지 않았다. 어린 메리에게 이 과정은 길고도 혹독했다.

　　파란 안락의자들이 잿빛 바닥을 가득 메울 즈음, 메리가 방 안에서 보내는 시간은 더욱더 길어졌다. 그녀는 하루 종일 안락의자에 푹 처박혀 앉아 있었다. 가끔 하녀에게 계피를 넣은 쿠키를 구워달라고 하기도 했지만 일과의 대부분을 자신의 꿈에 대한 고민으로 채웠다. 부모님은 뾰로통한 메리의 표정을 보고 딸의 사춘기가 그저 남들보다 조금 일찍 시작되었다고 믿기로 했다. 사흘에 한 번꼴로 방문하던 그웬의 발걸음이 끊긴 것은 벌써 한 달 전이었다. 메리는 자신의 삶에 뭔가가 결핍되어 있다고 느꼈지만 그건 결코 그웬의 방문이 뜸해서거나 부모님의 사랑이 부족해서는 아니었다. 그녀는 안락의자에 파묻혀 푸르게 시푸르게 넘실거리는 가슴에 가만히 손을 대보았다. 그리고 열한 살 메리는 입버릇처럼 중얼거리기 시작했다. 코발트블루, 코발트블루, 코발트블루……

메리는 코발트블루를 발음하다가 어느 순간, 이 다섯 음절의 단어를 다른 사람에게 보여주고 싶다는 생각을 했다. 그녀는 자신의 가슴속에 꿈틀거리던 푸르른 욕망을 캔버스에 풀어놓아야겠다고 결심했다. 오후 3시였고, 옆의 안락의자에서 고양이는 여태 편안히 잠들어 있었다. 메리는 급히 하녀를 불렀다. 열한 살 메리가 주문한 것은 계피를 넣은 쿠키가 아니었다. 그녀는 코발트블루 물감을 주문했고, 이는 메리가 자신의 청사진을 완성했음을 보여주는 것이었다.

이십여 년이 흐르고 메리는 어느새 어릴 적 자신의 모습을 그리고 있었다. 이미 파리 살롱 전에 몇 차례 작품을 전시한 상태였지만 고집 센 그녀는 여기서 만족할 수 없었다. 여성이 화가가 된다는 것 자체가 불가능한 일blue dahlia로 여겨지던 시기였다. 그녀는 현실의 벽이 자신을 찍어누를 때마다 미래에 대한 고민으로 열병을 앓았던 열한 살 시절을 떠올렸다. 따뜻한 블루의 품을, 그녀는 여전히 기억하고 있었다. 바로 그 블루의 품 안에서 자신의 청사진이 완성되지 않았는가. 잿빛 바닥 위에 파란 안락의자들을 그리고, 그녀는 그중 하나를 골라 그 위에 퍼더버리고 앉았다. 그리고 불만 섞인 표정으로 뭔가를 골똘히 생각하기 시작했다. 이 자유분방함이 곧 메리였고, 그것이 그녀를 특별한 존재로 만들어주었다.

그녀는 다음해인 1879년, 드디어 인상파전에 자신의 작품을 전시할 수 있었다. 여성화가로선 베르트 모리조Berthe Morisot에 이어 두번째였다. 그 뒤로도 메리는 여성들의 그림을 계속 그려나갔다. 여성을 바라보는 그녀의 시선에는 언제나 따스함이 담겨 있었다. 메리는 이 시대의 어머니들을 위해, 어머니 되기를 준비하는 어린 여인들을 위해, 그리고 공장에서 단추에 구멍을 뚫는 여성 노동자들을 위해 붓을 들었다. 그렇게 그녀는 스스로가 여성들의 파란 안락의자가 되기를 바랐다. 1915년, 메리는 눈이 머는 불행을 겪었지만 이미 그녀의 몸은 코발트블루 빛깔의 파도로 가득 차 있었다. 일흔한 살 메리는 파란 안락의자에 앉아서 파란 안락의자에 앉아 있는 열한 살 메리를 상상했다. 방 안이 서서히 블루에 젖고 있었다. 너무 안락한 나머지 고양이조차 이 변화를 눈치채지 못했다.

Mary Cassatt *1844-1926*

커셋은 시간이 날 때마다 평범한 여성의 삶에 대해서 생각하곤 했다. 반듯하게 잘 자라서 멋진 신사와 결혼을 한 뒤 알토란 같은 아이들을 키우며 사는 것. 틈이 날 때는 뜨개질을 하거나 빵을 구우며 입가에 엷은 미소를 짓는 것. 그녀는 여성 예술가가 "최초의 희생"을 하지 않으면 안 된다는 사실을 누구보다 잘 알고 있었다. "넓고 쉬운 길로 갈 것인가, 좁고 힘겨운 길로 갈 것인가" 하는 문제가 그녀의 앞날에 가로놓여 있었다. 그녀는 파란 안락의자에 기댄 채 긴 생각에 잠기기 시작했다. 그리고 "나무를 흔들 때에는 떨어진 과일을 줍기 위해서라도 근처에 있어야 한다"는 게 그녀의 결론이었다. 그랬다. 그녀는 현장을 버릴 수 없었다. 비록 파란 안락의자의 쿠션이 순식간에 격랑으로 변모할 가능성도 있었지만, 그녀는 양식화된 예술과 더 양식화된 예술계에서 살아남아야만 했다. 커셋이 생각하기에 그것만이 유일하게 '사는', 아니 '살 수 있는' 방법이었다. 그녀는 짐짓 여유로운 표정으로 예술계에 발을 들였다. 속은 불안감으로 바싹바싹 타들어가도 더 당당하게 웃었다. 예술계가 파란 안락의자만큼이나 편해지는 순간이었다.

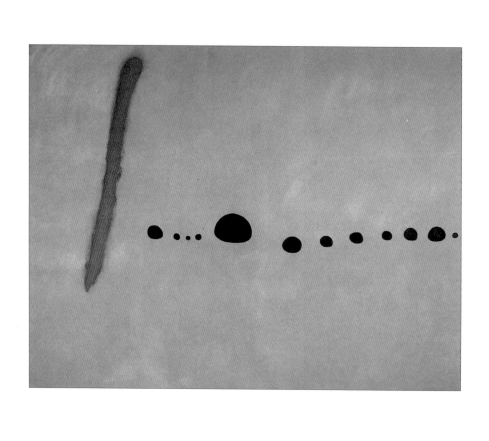

7

붓끝의 신념

호안 미로 〈블루 II〉

Joan Miró, *Bleu II*

1961

블루는 사파이어. 루비 옆에 앉아서 루비를 돋보이게 해줍니다. 블루는 하늘. 구름이 액세서리로 달고 다니는 커다란 지붕. 블루는 또한 소년도 되고 소녀도 됩니다. 이 젊음들은 어른들 옆에서 끊임없이 활력을 불어넣습니다. 스크린이 된 블루는 소년 소녀가 일기를 쓰는 공간. 소년 소녀는 구름 같은 꿈을 피워올리며 그 속에 또다른 미래를 그려넣습니다. 블루는 청정 해역. 소년 소녀가 사랑을 나누기 위해 처음으로 몸을 담그는 풀pool. 끝이 보이지 않는 블루 속에서 할 수 있는 일에는 무엇이 있을까요. 소년 소녀는 수평선을 가늠하며 한숨을 내쉴 만큼 연약하지 않습니다. 그들은 그저 신나게 물장구치다가 하늘을 바라보고 블루베리처럼 싱그럽게 영급니다. 소년은 소녀에게 사파이어를 건네고 소녀는 그것을 받아듭니다. 소년은 더욱 푸르러져 청년이 되고 소녀는 뱃속에 또다른 블루

●故 기형도 시인의 시 「먼지투성이의 푸른 종이」에서 인용.

를 잉태하게 됩니다. 어른이 된 소년 소녀는 문득 블루가 그들이 가진 모든 것이었음을 깨닫게 됩니다. 블루로 인해 그들은 사파이어처럼 빛나고, 어떤 비바람이 몰아쳐도 튼튼한 지붕 밑에 몸을 피할 수 있었습니다. 블루는 그들의 비망록이었고 먼지투성이의 푸른 종이●였으며 삶을 지탱해주는 최초의 기대, 최후의 희망과도 같았습니다. 세월이 흘러 소년 소녀는 하나둘 나이를 먹습니다. 발끝에서부터 블루가 조금씩 바래고 있는 중입니다. 그동안 또다른 블루는 처음으로 스크린을 마주하게 됩니다. 자신의 부모가 걸어왔던 길을 떠올리며 또다른 블루는 소년이 되고 소녀를 찾아 헤맵니다. 그렇게 푸른곰팡이처럼 근사하고 생생해집니다.

» 파란색 크레파스로, 사랑해 «

카이로스● 인 블루 Kairos in Blue

네가 다섯 살이었을 때
처음으로 책이란 걸 손에 쥐어보았을 때
책 표지에 침을 질질 흘리는 것으로
영역 표시를 해보았을 때
파란색 크레파스로
벽에 삐뚤빼뚤 악어를 그렸을 때
손으로 벽을 짚다가
문득 네가 그린 악어에 손을 물렸을 때
서럽게 울면서 이불 속으로 기어들어갔을 때
울다 지쳐 너도 모르게 긴 잠에 빠져들었을 때
눈을 감았다 떴는데,

네가 일곱 살이었을 때
처음으로 이가 빠졌을 때
그 이를 왼손으로 꽉 쥐어보았을 때
네가 왼손잡이란 것을 알았을 때

● 헬라어로 의미 있는 시간, 어떤 일이 수행되기 위한 특정한 시간을 뜻하는 말이다.
보통, 연대기적인 시간을 뜻하는 '크로노스 chronos'와 대비되어 쓰인다.

난생처음 바다를 보았을 때

바닷물이 왜 파랄까 궁금했을 때

물고기가 되어

태평양을 건너는 꿈을 꾸었을 때

학교에 입학해서

받아쓰기와 공놀이의 날들에 길들여지고 있었을 때

좋아하는 친구가 생겼을 때

친구와 손을 맞잡고 집으로 오는 길에

은밀한 일탈을 시도했을 때

인공색소가 잔뜩 들어간 사탕을 먹고

싱싱한 혀를 빼물며

태양을 향해 환히 웃어보았을 때

비밀이 생기고 시나브로

누군가에게 길들여지고 있었을 때

그 친구가 결석하던 날

너도 모르게 눈물이 났을 때

눈물을 훔치고 나니,

네가 열여덟 살이었을 때

처음으로 담배를 피워보았을 때
유혹을 감당하기 힘들었을 때
시를 쓰고 그림을 그리고 싶었을 때
예술가가 되기로 작정했을 때
벽을 타넘는 법을 터득하고
그것을 쓰다듬는 법을 배우고 있었을 때
문득 예전의 악어가 그리워졌을 때
파란색 크레파스를 사서
스케치북에 '사랑해'라고 적어보았을 때
사랑하는 대상을 찾아
세상의 모든 클럽들을 전전하고 싶었을 때
그렇게 한없이 막막해져보고 싶었을 때
좋아하던 친구의 부음을 들었을 때
수화기를 든 왼손이 부르르 떨리기 시작했을 때
인공색소가 잔뜩 들어간 사탕을
튼튼한 이로 깨물어 먹었을 때
좌변기에 파란색 토를 풀어놓았을 때
온몸이 멍드는 느낌 때문에
소스라치게 놀라 뒤로 나동그라졌을 때

상처를 감당하는 게
삶의 커다란 부분임을 깨달았을 때
처음으로 다짐이란 걸 해보았을 때
몇 가지 다짐들을 스케치북에 꾹꾹 눌러쓰고 나니,

네가 스물일곱 살이었을 때
시인이 되어 매일매일
미로 속을 헤매고 있었을 때
커피 한 잔만 있어도
하루 종일 골똘한 상념에 젖어들 수 있었을 때
술과 담배로
조금씩 배가 나오기 시작했을 때
죽은 친구를 거의 잊어버렸을 때
마감에 쫓겨
추억들이 가물가물해지고
사랑이 환상에 불과하다는 사실을
환상을 통해 체득하고 있었을 때
돈맛에 길들여져
인공색소가 잔뜩 들어간 사탕 따위는

입에 차지도 않게 되었을 때
어느새 오른손잡이가 되어 있었을 때
가끔 어머니가 미치도록 그리워
고향으로 떠나는 버스에
우발적으로 몸을 싣기도 했을 때
어머니가 가슴을 열어
쟁여져 있던 바닷물을 한 보따리 풀어놓았을 때
그 바닷속에서 부지런히 헤엄을 쳤는데도,

여전히 스물일곱 살이었을 때
이십 년 만에 바다를 마주했을 때
최초의 경험이 주는 매혹에 대해
진지하게 생각해보았을 때
철썩거리는 파도를 보며
너 스스로가 하나의 음표가 되었을 때
제자리표처럼 잠자코 있었을 때
주위를 둘러보니 아무도 없었을 때
네가 어른이 되었다는 사실 때문에
팔뚝에 우둘투둘 소름이 돋기 시작했을 때

바닷물이 파란 이유를

조금씩 깨달아가고 있었을 때

수평선에 가닿는 꿈을 꾸며

피식피식 웃음을 흘리기도 했을 때

서랍을 정리하다가

먼지 쌓인 스케치북을 열었을 때

몇 개의 달성되지 않은 다짐들이 튀어나왔을 때

그것들이 살아야 할 이유로 둔갑했을 때

너의 몸을 완전히 던질 준비가 되었을 때

붓이, 펜이, 칼이,

그리고 마침내 손이 창조의 바다로 풍덩 뛰어들었을 때

바닷물이 까만 암초와 맞부딪치며

등 푸른 물고기들의 자맥질을 부추길 때

그 위로 신나는 리듬이 끊임없이 넘실거릴 때

무수한 가능성들이 동맥을 타고

목구멍을 향해 맹렬한 속도로 솟구칠 때

물고기 몇 마리를 왼손 위에 토해냈을 때

파닥이는 물고기들을 바라보며

다섯 살이 되기로 마음먹고

파랗게, 파랗게 웃으며

아무것도 모르던 시절로 시퍼렇게 아득해질 때

Joan Miró 1893-1983

미로는 〈블루 II〉를 그릴 때 어떤 느낌이었을까. 그가 처음부터 그리고자 한 것은 무엇이었을까, 그것은 정확히 골인 지점에 도달했을까. "단어들로부터 시가 시작되듯, 붓놀림으로부터 그림이 완성된다"는 게 미로의 지론이었다. 그는 "의미는 나중에 오는" 것이라고 굳게 믿었다. "단어가 시를, 그리고 음표가 음악을 구성하는 것처럼" 그는 색채를 그림에 적용하려고 했다. 〈블루 II〉의 블루는 그렇게 출발했다. 단순한 몇 번의 붓놀림이 배경이 되고, 단순한 캐릭터들이 뛰어놀 수 있는 더할 나위 없이 단순한 공간이 되면 그는 만족했다. 그제야 비로소 "무음의 음악mute music"이 연주될 수 있기 때문이었다. 그리고 연주의 성패는? 바닷속 깊은 물이 어떤 느낌인지는 끝까지 들어가봐야 알 수 있는 게 아닐까.

저녁의 수수께끼들

르네 마그리트 〈아른하임의 영토〉

René Magritte, *Le Domaine d'Arnheim*

1962

가장 훌륭한 형태상의 균형은 형태를 구성하는 각 요소
들이 동적으로 작용과 반작용을 팽팽하게 거듭하면서
정적인 상태를 달성할 때 이루어진다.

°루돌프 아른하임(Rudolf Arnheim, 1904-2007)

저녁엔 매양 어스름과 푸르스름이 감돌지요. 사람들
은 변신을 위해 집으로 들어갑니다. 책을 읽으며 책
속의 주인공이 되기도 하고 등 푸른 생선을 구우며 요
리사가 되기도 하지요. 변신을 하다가 문득 창밖을 바
라보면 싸늘하고 퍼렇게 식어가는 바깥 풍경이 보여
요. 그들이 무엇을 할 수 있을까요? 그저 책갈피를 책
사이에 끼우거나 식칼을 잠깐 도마 위에 놓아두고 잠
시 동안 센티해질 뿐이지요. 세계는 서서히 멍이 들어
가는 것 같아요. 가슴팍이 시려요. 이 뜨악하고 푸른
분위기는 뭐죠? 책갈피가 바닥에 떨어졌는데, 등 푸

른 생선이 다 타버렸는데 그들은 아랑곳 않고 끝없는 미궁 속에 빠져들어요. 곧 밤이 되면 빛이 트일지 암흑이 뿌리를 뻗을지 알 수 없는 상황이에요. 여명이 비칠 때까지 기다릴 거예요? 다 타버린 생선을 뜯어 먹으며 껄껄 웃을 거예요? 푸른 새가 푸드덕거리며 산을 향해 맹렬히 날아가고 있잖아요. 개와 늑대 사이의 시간이 지나면 산과 독수리 사이의 시간이 찾아온다는 말을 이제는 믿을 수밖에 없어요. 왜 정기精氣를 푸르다고 하는지 알 것 같기도 해요. 그들은 책을 다시 열고, 김이 모락모락 올라오는 오븐 뚜껑을 열고, 무표정으로 물어요. 새는 나는 동물인가? 산은 날면 안 되는가? 그리고 그들은 또 한 번 방황하기 위해 아른하임의 영토에 들어가지요.

» 어스름과 푸르스름 «

아른하임의 영토에는, 시푸르뎅뎅한 사연들, 멍든 흔적들, 아무도 사용하지 않는 명사, 빛을 잃은 형용사, 뜻이 너무 많아서 정체성을 잃어버린 부사, 생기 없는 동사, 구두점이 없는 문장, 구두점, 신비로운 깃발, 밑창이 다 닳은 구두, 푸른 복장을 한 나쁜 소년, 몽고반점, 젠체하는 떡갈나무, 반쯤 죽은 싹들, 반쯤 산 싹들, 끝이 보이지 않는 뿌리, 푸딩처럼 고요한 강, 높이 치솟은 강둑, 강둑에 진득하게 붙어 있는 이끼, 백 년 동안 한 번도 운행하지 않은 것처럼 보이는 배, 시푸르게 썩은 사과, 바람이 빠진 튜브, 찢어진 닻, 안대를 한 해골, 그리고 에드거 앨런 포의 묘비가 있다.

묘비 앞에서 묵념을 하면 약동하는 기운과 함께 저녁이 다가온다.

"저녁이 다가오면 물길은 점차 좁아지고, 강둑은 더욱 가파르게 되며, 더욱 진하고 풍성하고 거무스름한 빛깔의 잎사귀로 덮인다. 물은 투명함을 더해간다. 강물은 수천 번을 굽이 돌아 2백 미터보다 더 먼 곳에서는 반짝이는 수면은 어느 곳에서도 보이지 않았다. 매 순간 배는 황홀한 원 안에 갇히는 듯했다. 그 원은 통과해 갈 수 없는 나뭇잎 무더기가 벽이 되

● 「아른하임의 영토」, 에드거 앨런 포 지음, 홍성영 옮김, 『환상여행(에드거 앨런 포 단편전집 1권)』(하늘연못, 2000)에서 발췌함.
●● 위의 책.

고, 진한 바다색 새틴이 지붕이 되고, 바닥은 없는 원이었다."•

　원의 중앙에 서면, 황홀한 음성, 열 명 중 한두 명 정도만이 겨우 참을 수 있을 만한 노래, 물질과 정신, 야심을 뛰어넘는 문제, 안팎의 문제, 안인지 밖인지에 대한 끊임없는 공론, 새벽이 퍼뜨린 루머, 백만장자의 부도수표, 깜박이는 부표등, 포르말린 냄새, 포를 말린 냄새, 우표처럼 납작한 나뭇잎, 남작의 초상화, 첫번째 생일 파티의 기억, 열두 살 때 처음 들었던 노래, 외국어, 이방인이 하는 우리말, 예민한 달팽이관, 달팽이관에 들이치는 폭포수, 거부할 수 없는 소용돌이, 세상에서 가장 작은 카누를 만날 수 있다.

　카누를 타고 검푸른 잎사귀처럼 둥둥 떠내려간다.

　"카누는 작은 수로 쪽으로 들어와 문으로 다가간다. 육중한 문이 천천히, 아름다운 곡조를 내며 열린다. 카누는 그 사이를 미끄러져 화려한 산으로 완전히 둘러싸인 거대한 원형극장 안으로 급속히 떨어져내리기 시작하는데, 산기슭 주위 전체는 흐릿하게 반짝이는 강물에 발을 담그고 있다."••

원형 극장에서는, 날지 못하는 비극, 박제가 된 산, 입구를 버린 동굴, 동굴 안에 들이치는 한줄기 푸른빛, 나뭇잎과 나뭇가지 사이로 비치는 푸른 달빛, 환상이라는 말, 환상이라는 거짓말, 거지가 품는 환상, 환상적인 굴뚝, 굴뚝에서 태어나는 쥐, 쥐들의 방정맞은 울음, 씻김굿, 스페인어의 더블 R 사운드, 처음과 끝을 알 수 없는 병, 끝없는 줄다리기, 끝나지 않는 연극, 애드리브가 전부인 대사, 천장에서 내려올 줄 모르는 막, 새벽의 만년설, 만년설에 묻혀 있는 비밀한 사연, 속에 꾸역꾸역 눌러 담았던 욕구, 속에 담긴 말들, 속에 담긴 알들, 까뒤집은 인공 눈알, 투명한 수정체, 제때 도착하지 못한 메시지, 금방이라도 무슨 사건이 벌어질 것 같은 징조, 정상치를 벗어난 맥박 수, 풀리지 않은 저녁의 수수께끼들이 라이브로 펼쳐지고 있었다.

그리고 모든 이야깃거리들이 이야기가 되어, 세계의 입구 쪽으로 흘러들었다. 이제 곧 기적이 이루어질 것이다. 알이 부화할 것이다. 알을 뚫고 여린 다리 하나가 공중을 향해 바르르 떨 것이다. 알에서 나온 새 새끼가 갑자기 독수리로 변신해 날아오를 것이다. 날개를 펼친 채 커다랗고 고요한 산이 될 것이다. 그들은 이 모든 것들을 똑똑히 지켜볼 것이다. 책을 덮고, 오븐을 닫고, 독수리 부리에 물려 있는 푸른색의 마지막 수수께끼를 찾으러 떠날 것이다.

René Magritte

마그리트에겐 꿈과 현실이 종이의 앞뒤와 같은 것이었다. 그는 꿈의 해석이 현실 세계라고 믿었던 화가였다. 마그리트는 "오직 생각만이 닮을 수 있다"고 확신했다. "보고 듣고 아는 것을 통해, 종래에는 세계가 그것을 제공한다"고 생각했다. 〈아른하임의 영토〉도 그런 식으로 그려졌다. 숨겨진 것을 보고 듣고 마침내 그것을 완벽히 알아채기 위해, 그는 푸른 산을 보고 또 보았다. 그러자 기다렸다는 듯 펼쳐지는 푸른 안개, 어슴푸레한 달빛, 어디선가 푸릇푸릇 들리는 은밀한 속삭임. 그저 눈을 한 번 껌벅였을 뿐인데, 그사이 미스터리가 또 하나 생겨나는 것이다. 동시에 우리가 보고 듣고 알아내야 할 게 또 하나 늘어났다. 그것이 푸르건 푸르지 않건, 투명하건 투명하지 않건. 이 사태를 비집고 앎은 결국 깨어나는가? 깨어날 수 있는가?

9

미드나이트블루Midnight Blue를 먹다

파블로 피카소 〈맹인의 식사〉

Pablo Picasso, *The Blind Man's Meal*

1903

●

어떤 블루에는 어둠이 서려 있습니다. 그 어둠은 못에
슨 녹이나 빵에 슨 곰팡이처럼 그저 어쩔 수 없는 것
입니다. 푸르스름한 거무튀튀함처럼 어떤 블루는 음
산합니다. 특정 시간에만 스르르 몸을 드러내어 뒤통
수를 서늘하게 만듭니다. 블루의 어둠은 낌새만으로
도 당신을 질식시킬 수 있습니다. 따라서 당신은 욕
심 없는 마이더스처럼, 깨달음을 얻은 돈키호테처럼
손을 등 뒤에 숨긴 채 구석에 처박혀 있어야 합니다.
배가 고플 때까지 잠자코 있어야 합니다. 그 시간 동
안 블루는 어둠 위를 슬슬 기어오를 겁니다. 어두컴컴
한 푸르뎅뎅함처럼, 어떤 블루는 집요합니다. 뼛속까

지 침투할 준비가 되어 있습니다. 당신은 비로소 배가 고프고 블루를 대면할 만큼 충분히 공허한 상태가 됩니다. 당신은 구석에서 나와 빵을 집어듭니다. 그것은 21세기에 발굴된 공룡의 뼈처럼 차갑고 딱딱합니다. 차갑고 딱딱한 표면에 금이 가는 소리가 들립니다. 마침내 동이 트고 있는 겁니다.

» 절박하게 파랗게 «

새벽. 맹인이 눈을 뜬다. 눈을 뜬 맹인이 맨 처음 보는 것은 무엇일까. 궁금한 것은 맹인도 마찬가지다. "아직 어둡군." 눈앞이 깜깜한 맹인이 어둠을 마주하고 혼잣말을 한다. 맹인은 남들처럼 밤에 자고 아침에 일어난다. 하지만 밤에 자고 밤에 일어나는 것도 맹인이다. 맹인은 침대에 걸터앉아 자신의 운명에 대해 골똘히 생각해본다. 눈앞은 아직도 깜깜하다. 무소식처럼, 문득.

눈이 멀던 날의 기억이 떠오른다. 눈을 떴는데 앞이 보이지 않았을 때, 처음에 나는 꿈이려니 했다. 한동안 잠자코 누워 눈을 깜박깜박 감았다 떠보았다. 여전히 앞이 보이지 않았다. 나는 한밤중이라 그럴지도 모른다는 생각에 잠을 좀더 청해야겠다고 생각했다. 일어나니 여전히 한밤중이었다. 태어나서 꿈을 이렇게 길게 꾼 적이 없었는데. 정신이 혼미하고 아득해졌다. 자리에서 일어나기가 겁이 났다. 배가 고프고 목이 말랐지만 며칠을 그렇게 누워 있었다. 결코 끝나지 않는 시험을 치르는 기분이었다. 낙제할 것 같은 기분이 들었다. 이런 확신은 난생처음이었다, 그래도.

맹인은 자신이 맹인이라는 사실을 받아들이는 데 꽤 오랜 시간이 걸렸다. 태어날 때부터 앞이 보이지 않는 사람과 어느 날 갑자기 눈이 먼 사람 중 누가 더 불행할까? 궁금한 것은 맹인도 마찬가지였다. 그렇다고 다음 생에 눈먼 자로 태어나고 싶지는 않았다. 맹인은 이미 '본다'는 것이 어떤 의미인지 너무나도 잘 알고 있었다. 그것은 이를테면 빨간 알약을 먹을지 파란 알약을 먹을지 스스로 결정할 수 있다는 것, 물론.

나는 먹을 것에 집착하는 타입은 아니다. 그러나 내 위는 그렇지 않은 모양이다. 나는 극심한 배고픔을 느낀다. 배고픔의 강도가 높아지면 견딜 수 없을 만큼 속이 쓰리다. 위가 없는 사람은 먹지 않아도 될까? 마치 눈이 없는 사람이 보지 않아도 되듯이. 코웃음이 나온다. 불편과 불공평은 다른 것이다. 나는 주린 배를 부둥켜안고 자리에서 일어난다. 금방이라도 천장이 무너질 것만 같다, 정말로.

맹인은 겁에 질려 걸음 하나를 내딛는 데도 오랜 시간이 걸렸다. 수십 년을 살아왔던 집인데도 더할 나위 없이 낯설다. 금방이라도 돌부리에 치여 넘어질 것 같고 쥐들이 온몸에 달려들어 내장을 다 파먹을 것 같다. 두려움이 걱정으로 바뀌는 순간이었다. 미친 듯이 배가 고프지 않았다면 맹인은 아마 그 자리에서 망부석이 되었을 것이다. 그런데 맹인은 무엇을 그리 애타게 기다리다 망부석이 되었을까? 궁금한 것은 맹인도 마찬가지였다. 발끝에서부터 한기가 올라오기 시작했다, 맹렬한 기세로.

나는 테이블까지 달려갔다. 생존 본능이란 이런 것이다. 심장이 뛰는 한, 아무리 힘이 없어도 빛을 향해 몸이 자동적으로 달려가는 것. 물론 나는 빛이 어디 있는지 알지 못한다. 설령 있다고 하더라도 볼 수 없다. 나는 눈이 멀었다. 이러다 언젠가는 눈이 가까워지는 날도 있겠지. 농담을 하고 나니 힘이 더 빠진다. 테이블 위에 놓인 여러 사물들을 되는 대로 건드리기 시작한다. 어떤 것은 딱딱하고 어떤 것은 더 딱딱하다. 어떤 것은 차갑고 어떤 것은 더 차갑다. 불현듯 무엇이 손끝에 걸린다. 빵이다, 드디어.

맹인은 손끝으로 빵을 한번 쓸어본다. 우둘투둘한 표면이 느껴진다. 빵의 질감이 바로 이런 것이었다니. 맹인은 눈으로 느끼고 입으로 사고했던 지난날의 자신을 떠올린다. 빵을 들고 킁킁 소리 내어 냄새를 맡아본다. 이미 딱딱해진 빵은 희미한 냄새를 풍기고 있었다. 그러나 맹인은 빵이 품고 있거나 품고 있었던 모든 요소의 냄새를 감지해낸다. 이스트의 잔향이 코끝을 스친다. 빵을 들어 귀에 대고 두드려본다, 똑똑.

아무도 대답하지 않았다. 나는 빵을 움켜쥐고 그것을 단박에 입으로 욱여넣는다. 바짝 마른 입안에 빵이 가득 들어찬다. 눈물이 핑 돈다. 이 순간 나는 행복하다. 혹시 밥을 못 먹어서 눈이 멀게 된 것은 아닐까? 눈물이 주르륵 흐르기 시작한다. 눈이 멀어도 눈물샘은 마르지 않는다. 푸른 공기가 몸을 휘감는 게 느껴진다. 보이지도 않는 주제에 감히 '푸르다'는 형용사를 사용해도 될까? 그러나 눈이 멀쩡할 때조차 공기는 보이지 않았다, 단 한 번도.

맹인은 쉬지 않았다. 쉬지 않고 빵을 씹었다. 빵을 다 먹어 배가 차고 나면 다시 앞이 보일 것만 같았다. 식사는 즐겁지 않았다. 맹인은 오직 살기 위해, 공허함을 채우기 위해 딱딱하고 차가운 빵을 혀를 놀려 무르고 따뜻하게 만들었다. 세상에서 가장 절실한 식사를, 맹인은 지금 하고 있었다. 먹는 게 유쾌한 일이 아니어도 먹지 않으면 도저히 견딜 수 없는 상황이었다. 아무리 초라한 밥상이라도 어쩔 수 없이 비워야 한다. 맹인은 굳은 결심을 하고 굳은 표정을 짓는다. 곰팡이를 씹은 것이다, 아뿔싸.

나는 여전히 앞을 볼 수가 없다. 모든 것들이 까맣고 푸르다. 아마 나만이 이 색을 볼 수 있을 것이다. 금방이라도 어둠이 내려앉을 것 같은, 동시에 금방이라도 동이 틀 것 같은 아리송한 느낌에 사로잡혀 있다. 지금 나는 절묘한 공간에 던져져 있다. 이곳에서는 촉각이 예민해지고 후각이 발달하고 청각이 예리해진다. 시각을 제외한 모든 감각이 곤두세워진다. 손끝만 대도, 코끝만 대도,

귀끝만 대도 나는 그것이 무엇인지 식별할 수 있다. 그것이 먹을 수 있는 건지 아닌지, 그것이 얼마나 푸르고 얼마나 어두운지 알 수 있다는 말이다. 그것이 먹을 수 있는 것이라고 판명되면 나는 식도 뒤로 그것을 흘려보낸다. 사는 일은 이처럼 가끔은 조금 더 푸르러지고 가끔은 조금 더 어두워지는 것이다, 아쉽게도.

맹인이 또다시 눈을 뜬다. 맹인이 눈 뜬다는 말이 과연 성립 가능한 것일까? 궁금한 것은 맹인도 마찬가지다. 맹인은 식사를 위해 몸을 일으켜 테이블로 이동한다. 온몸이 느끼기에 지금은 정확히 자정이다. 적당히 푸르고 적당히 어두운 시간. 도주하기에 딱 안성맞춤인 시간. 그러나 맹인은 어디로 가야겠다는 욕심이 없다. 맹인은 겸허하게 이 순간을 받아들인다. 그리고 테이블에 앉아 교교한 자세로 빵을 뜯어 먹는다. 배부른 거지처럼 푸른빛을 띤 채 아무도 모르게 바싹바싹 말라간다.

Pablo Picasso *1881-1973*

평생, 피카소는 자신이 말한 바와 같이 "돈 많은 빈민a poor man with lots of money"으로 살고 싶었다. 자유롭게 그림을 그릴 수 있을 만큼의 여유로운 생활을 즐기되, 영혼은 언제나 무언가를 갈구하는 빈한한 존재로 남고 싶었던 것이다. 또한 그는 "겉모양과 마찬가지로 색채 또한 감정의 변화를 따른다"고 보았다. 〈맹인의 식사〉에는 그의 이런 생각이 그대로 투영되어 있다. 테이블에 앉은 맹인은 왼손으로 빵을 잡은 채로 와인이 담긴 주전자에 오른팔을 뻗고 있다. 음침하고 비극적이면서도 가슴을 묘하게 울리는 색채를 그는 '블루'라고 믿었다. 푸른 기운이 식탁 위에 한가득 펼쳐지고, 맹인의 빵은 장 발장이 훔친 빵만큼이나 절박한 무엇이 되었다. 맹인은 곧 빵을 한입 베어 물 것이고 목이 말라 싸구려 와인을 홀짝일지도 모른다. 그림은 그렇게 "맹인(만)의 전공"이 되었고, 피카소는 자신의 말마따나 "보이는 것이 아니라 느끼는 것"을 그리는 데 또 한 번 성공했다.

10

수련 옆에서 수련하기

클로드 모네 〈수련〉

Claude Monet, *Water Lilies*

1906

블루는 도처에서 발견되지요. 뜻하지 않은 만남처럼
당황스럽다가도 오랜 친구 사이라는 사실을 깨닫고
하는 악수처럼 정겹고 친근합니다. 몇 명의 블루와 마
주치고 몇 개의 블루를 구입하는 삶에 대해 곰곰 생각
해봅니다. 얼굴이 새파랗게 질렸구나, 무슨 일 있니?
감자 속이 파르무레하네요, 이걸 삶아 먹어도 괜찮을
까요? 블루 앞에서 나는 시종 질문을 던집니다. 나는
수많은 블루를 알고 있지만 개중에 제대로 아는 블루
는 하나도 없어요. 블루는 그만큼 다양하고 섬세하며
내면을 쉽게 드러내지 않으니까요. 소매를 걷었을 때
드러나는 파르께한 멍 자국처럼 애달픈 구석도 있어
요. 이렇게 나는 언제 어디서든 블루와 만나요. 모르
는 척하고 스쳐 지나가는 대신, 나는 용기를 내 블루

의 이름을 묻기로 해요. 당신은 어떤 블루입니까? 대체 어느 정도로 파란 건가요? 블루는 감추어뒀던 푸른 이blue-tooth를 드러내며 환히 웃어요. 블루가 드디어 속을 내보이는 거예요. 나와 블루가 무선으로 하는 은밀한 데이터 통신. 소통이 끝날 때까지 나는 끊임없이 도처로 향합니다. 푸릇푸릇한 낌새가 지금 이곳, 지베르니에서도 느껴져요. 아무래도 당분간은 외롭지 않을 것 같군요.

» 파르라니, 지베르니 «

폴립도 카멜레온도 물만큼 자주 색깔을 바꾸지는 못할 것이다.

°장 알베르 파브리시우스

물을 보세요. 가만히 보고 있어요. 태양이 떠오를 때까지, 별이 빛날 때까지, 새가 지저귈 때까지, 바람이 노래할 때까지, 수양버들이 춤출 때까지, 점심을 알리는 종이 마을 전체에 울릴 때까지, 마차가 도착할 때까지, 몇 개의 동심원이 연못 표면에 아롱일 때까지, 자신도 모르게 손에 쥔 붓을 떨어뜨릴 때까지, 붓털이 연못 속에 잠길 때까지, 푸른 거품이 올라왔다가 아무 일도 없었던 것처럼 금세 사라질 때까지, 노루 털의 냄새가 연못을 가득 메울 때까지. 물을 보십시오. 눈도 깜짝이지 마십시오. 물의 모든 움직임을 간파하십시오. 물의 변화를 기억하십시오. 가령 물이 소리 없이 아가리를 벌려 하늘을 삼켜버릴 때, 달빛이 거대한 목구멍 속으로 그대로 빨려들어갈 때, 새의 날갯짓이 물 위에 퍼덕퍼덕 떠다닐 때, 물이 어떤 색을 띠고 있었는지 나중에 얘기해주십시오.

1시간째,

물을 보고 있습니다. 당신이 말한 것처럼 가만히, 잠자코, 미동도 하지 않고 순순히 지켜보고 있어요. 물은 보통 정지해 있지만 그것을 바라보는 일은 얼마나 지루한지 몰라요. 표면은 너무나 고요해서 하품이 나올 지경이에요. 아직까지는 그저 푸르누런 느낌. 새가 똥을 지려 물에 웃음이 피어날 때만 제외하고요. 그 광경을 목도하고 있자니 뭐랄까, 연못 속에서 지금 무슨 일이 벌어지고 있다는 직감이 들었어요. 몇 개의 회오리 덩어리들이 금방이라도 돌고래처럼 솟구쳐오를 것만 같았어요. 수면 아래로 반쯤 잠겨 있던 내 눈동자가 똥그래지는 순간이었습니다.

3시간째,
물을 보고 있어요. 이미 해는 중천에 떴습니다. 햇살이 쏟아질 때마다 물이 반짝이고 있습니다. 연못은 흡사 물고기 비늘 같습니다. 햇빛 때문인지 비늘 때문인지 눈이 따갑기 시작했어요. 파르스름한 물 위로 여드름처럼 뿔긋뿔긋 수련이 피어나고 있었습니다. 수면睡眠을 끝내고 수면水面 위로 고개를 드는 꽃은 언제나 낭만적인 법입니다. 햇살이 쏟아지고 덩달아 졸음이 쏟아졌지만 낮잠을 청할 수가 없습니다. 자고 일어나면 수련은 온데간데 사라지고 없을 것만 같습니다. 아직은 이곳에 있고 싶어요. 마치 수줍은 사춘기에 접어든 느낌입니다.

5시간째,
물을 바라봅니다. 수련도 조금씩 움직이고 있어요. 세상에서 가장 느린 왈츠를 보고 있는 것 같습니다. 수련 옆에 드리운 엷푸른 그림자가 간헐적으로 펄럭거립니다. 그때마다 연못은 흡사 블루로 구성된 모자이크처럼 보입니다. 얄푸르다가 짙푸르다가 푸르데데하다가 푸르뎅뎅하다가 연푸르다가 시푸르다가 정신이 없습니다. 블루만으로 구성된 하모니는 지휘자가 없어도 순식간에 연못 가득 울려퍼집니다. 나는 16분음표처럼 종종거리다가 도돌이표처럼 처음으로 돌아가 높은음자리표가 되어 악보를, 다시 시작합니다. 수련의 존재가 변주처럼 생기를 불어넣어줍니다. 이 푸른 오선지의 세계에서, 수련이 더욱 또렷해지는 순간입니다.

　이틀째,

　물과 함께 있습니다. 오늘은 조금 쌀쌀합니다. 해도 뜨지 않았습니다. 연못의 색깔도 제법 푸르퉁퉁하네요. 수양버들이 춤을 추고 있어요. 바람이 막 신나게 노래하기 시작했거든요. 연못 위에 수양버들의 움직임이 한 획 한 획 그려지기 시작합니다. 그에 따라 물빛도 조금씩 짙어지고 있었지요. 내 눈에 조금씩 피로가 들어차고 있어요. 그러나 보는 것을 멈출 수가 없습니다. 아직도 내가 보지 못한 블루가 물 아래 어딘가에 잠복하고 있을 겁니다. 그 생각만 하면 두근거려서 견딜 수가 없습니다. 가마푸르레해진 연못 위에서 수련은 미동도 하지 않고 앉아 있습니다. 얼어붙은 홍시처럼 언제 떨어질지 언제 가라앉을지 도무지 알 수 없어요. 곧 저녁이 찾아올 것 같아요. 흐린 날에 연못을 바라보고 있자니 가슴 그득 파르란 문양이 새겨집니다. 굳게 약속할게요. 죽을 때까지 지우지 않을 거예요.

한 달째,

물을 지켜보고 있습니다. 당신이 무슨 말을 한 건지 조금씩 이해가 가기 시작했어요. 물은 정말 신비로운 물질입니다. 정말이지 모든 것을 흡수하고 있어요. 닥치는 대로 빨아들이고 자기 식대로 소화해냅니다. 하늘과 나무를 섞고 구름 위에 새의 날개를 포개는 식입니다. 쉬지 않고 색을 창조해내는 것이 정말 놀라울 지경입니다. 따라서 블루는 끝없습니다. 평생 연못만 지켜봐도 매일매일 새로울 거예요. 나는 이곳에 몇 그루의 나무를 더 심을 생각입니다. 나무가 자람과 동시에 새로운 블루가 잉태되겠지요. 그 생각만으로도 황홀합니다. 지금 이 순간에도 물의 색깔은 시시각각 변하고 있습니다. 밤이 다가오고 있네요. 물은 새파르족족해지다가 곧 검푸르게 변하겠지요. 나는 그림자처럼 그 옆에 찰싹 달라붙어 있을 겁니다.

세 달째,

물 옆에 있습니다. 그동안 나는 수련이 피고 지는 모습을 계속해서 지켜보았습니다. 물의 색깔이 변하고 꽃이 피었다 지는 동안, 나는 우울하기도 하고 벅차오르기도 했습니다. 내 기분에 따라 물의 색깔이 달라 보이기도 했습니다. 햇볕이 쨍쨍 내리쬐는 날인데도 연못이 퍼르무레하게 보이는 겁니다. 날씨, 풍경, 시선 말고도 변수가 하나 더 있다는 걸 깨달은 날이었지요. 수련은 낮이 되면 꼬박꼬박 고개를 들었습니다. 해가 질 때쯤이면 내일을 기약하며 봉오리 속으로 몸을 숨겼지요. 그러던 어느 날, 수련이 더이상 피지 않았습니다. 가을이 온 것일까요. 여드름의 시절은 다 가버린 것일까요. 수련과 함께했던 지난 3개월을 곰곰이 떠올려봅니다. 아직도 개화할 적에 설레던 느낌이 생생합니다. 그 세월을 "꽃들의 짧고 격렬한 역사"●라고 부를 수도 있겠지요.

　아홉 달째,

　물만 바라보고 살았습니다. 아주 가끔 하늘을 올려다보기도 했지요. 하늘을 바라보는 것은 뭔가 특별한 경험입니다. 그동안 연못에 비친 하늘만 쳐다보았으니까요. 어떤 것이 더 하늘다운지 나는 잘 모르겠어요. 위로 올려다본 하늘이 단일하다면, 연못에 비친 하늘은 콜라주 같은 느낌을 줍니다. 거기에는 나무의 영혼, 꽃의 향기, 바람의 목소리가 스며들어 있으니까요. 그런 식으로 나는 하늘을 두 번 인식했습니다. 물을 통해 세계의 원리를 배워가는 것이지요. 곧 겨울이 다가온다고 합니다. 겨울이 오고 눈이 내리면 연못은 과연 어떻게 변화할까요. 희푸른 빛의 연못을 바라보는 것은 또다른 즐거움이겠지요. 아직도 내가 봐야 할 것은 무궁무진합니다.

●가스통 바슐라르, 이가림 옮김, 「수련, 또는 여름 새벽의 놀라움」, 『꿈꿀 권리』, 열화당, 2007.

나는 여전히 허기지고 갈급한 상태입니다. 언제나 그럴 겁니다. 맹세할 수 있어요.

　벌써 몇 년째, 아니 평생,
　물은 나의 동반자입니다. 여전히 나는 수련 옆에서 관찰하고 사랑하는 법을 수련하고 있습니다.

Claude Monet ₁₈₄₀₋₁₉₂₆

모네는 보이는 것만 그렸다. 그에게 세계는 시시각각 형형
색색 변하는 것이었다. 그것을 기록하기 위해서는 관찰 외
에는 뾰족한 수가 없었다. 그는 오전 9시에 본 수련을 오후
1시에 보고, 그것을 오후 5시에 또 보았다. 매번 같은 장소
에서 말이다. 그렇게 해야만 그는 수련을 온전히 이해할 수
있다고 생각했다. 그때마다 수련은 없던 모습을 꺼내 자신
에게 보여주었다. 그는 자신이 배운 모든 스킬을 수련을 그
리는 데 쏟아부었다. 수련을 이해하는 것은 결코 쉬운 일이
아니었다. 그는 "즐거움을 얻기 위해 수련을 기르기 시작했
지만 나중에는 그것을 그리는 것을 상상하지 않고선 견딜
수 없었다." 수련의 색이 변할 때마다 그의 가슴은 콩닥콩
닥 뛰었다. 색채는 그가 "오랫동안 집착했던 것이고 즐거움
이었으며 고통과도 같은 것이었기 때문이다." 한참이 지난
후에야 그는 비로소 수련을 그릴 수 있었다. 그 시각, 그 지
점에서만 감지할 수 있는 특별하고도 오묘한 블루가 탄생
하는 순간이었다.

–
Edgar Degas
Maurice Utrillo
Kazimir S. Malevich
Alfred Sisley
Yves Tanguy

11

홀로 개화해서 함께 만발하기

에드가 드가 〈무대 위의 리허설〉

Edgar Degas, *Répétition d'un ballet sur la scène*

1874

화이트는 여리고 세심해요white-glove. 화이트는 그녀들
의 꿈을 이해해요. 화이트는 백설탕white sugar의 단맛
처럼 쉽게 거부할 수 없어요. 화이트는 그녀들에게 하
얘지라고 유혹해요. 화이트의 유혹은, 화이트에의 열
망은 달콤한 만큼 치명적이에요. 화이트의 최면에 걸
린 그녀들은 피부과에 가서 치료를 받고 치아 미백
을 하지요. 이렇듯 화이트는 백혈구white cell처럼 몸이
반드시 갖춰야 할 필수적인 요소로 여겨져요. 잠자리
에 들며 그녀들은 또다시 화이트를 떠올리지요. 화이
트는 눈 내리는 크리스마스white christmas처럼 근사하
고 당연한 무엇이 돼요. 따라서 이 밤은 잠 못 드는 밤

white night이 되고 그녀들은 공정한 판단white light을 내리기 위해 고민하며 한숨을 내쉬어요. 욕망과 현실 사이에서 휴전기white flag를 펄럭거리며 저 멀리 하얀 별 똥별이 떨어져요. 그 별똥별을 바라보며 그녀들은 하얘지기 위해, 더 하얘지기 위해, 새하얗게 밤을 새며 소원을 빌지요.

» 백미白美는 백미白眉! «

〈리허설〉4:00 p.m.

우리는 소녀들이에요. 흔히 인생에서 가장 귀엽고 빛이 나는 때라고 하더군요. 그 말을 들을 때마다 우리는 하얀 이를 드러내며 환하게 웃어줍니다. 사람들이 우리의 젊음을 찬양하도록 그냥 놔두는 거죠.

우리가 마냥 순수하다고요? 그래요, 우리는 맘만 먹으면 백설 공주snow white처럼 사과를 베어 물 수도 있어요. 우리를 구해주러 올 용사white knight만을 기다리면서요. 그러나 우리는 깜찍하다기보다는 앙증맞은 편에 가깝지요. 이래 봬도 속이 꽉 차고 야무지다는 말입니다.

우리는 순백의 발레복을 입고 빛이 쏟아지는 무대 위에 올라요. 하얀 팔을 벌리고 하얀 다리를 허공을 향해 쭉 뻗어보기도 합니다. 흰나비처럼 양팔을 팔랑거리다가 거대한 눈송이처럼 바닥에 가라앉습니다. 순백의 발레복이 위로 솟았다가 솜사탕처럼 녹아내려요. 우리는 웨딩드레스를 입은 언니들처럼 행복하고 설렙니다. 가슴이 터질 것만 같아요.

우리는 한데 모여 음악이 시작되기만을 기다립니다. 첫 음이 시작되는 순간, 우리는 눈송이처럼 흩뿌려질 준비가 되어 있습니다. 우리는 우아하게 흩어졌다가 우아하게 다시 모일 거예요. 음악이 시작되기 전 몇 초 동안의 적막은 떨리기가 이루 말할 수 없을 정도입니다. 우리는 내리기 직전의 눈송이처럼 웅크려 앉아 속으로 숫자를 거꾸로 세기 시작합니다. 그렇게 하다보면 어느새 머릿속은 새하얘져요.

　　차이코프스키의 〈백조의 호수〉가 흘러나오네요. 수없이 들어왔지만 모든 음악의 첫 음은 언제나 감동적입니다. 우리는 스텝을 밟으며 무대 위를 유유히 미끄러집니다. 하얀 백조들이 호수 위를 거닐 듯 우리는 사뿐사뿐 잘도 걸어다닙니다. 때때로 서로 곁눈질을 하며 상대보다 더 하얗고 아름다운 자태를 표현하기 위해 애쓰기도 합니다. 백조 중의 백조가 되는 것은 모든 백조들의 꿈 아니겠어요? 불현듯 내게로 쏟아지는 핀 조명! 아, 황홀합니다. 아마도 이 맛에 춤을 추는 것이겠지요.

　　무대 중앙에 동그랗게 모여 핑그르르 돕니다. 발레복도 빙그르르 돌아가네요. 날아오를 듯 팔을 뻗어 허공 깊숙이 찔러넣습니다. 우리의 자세, 우리의 구도. 누가 감히 흉내 낼 수 있겠어요. 거대한 눈송이가 되어 무대 위를 깔깔깔 굴러갑니다. 우리의 에너지, 우리의 웃음. 누가 감히 예상할 수 있겠어요. 문득 지금 이 세상에는 우리만 있는 게 아닐까 하는 생각이 듭니다. 우리는 주인공. 멈추려고 들지 마세요. 급한 용무가 있어도 우리가 백조가 되어 날아오를 때까지 기다리세요.

우리는 날개를 활짝 펼쳤다 접고 무대 위에 옹크려 앉습니다. 리허설이 끝났습니다. 날개 속으로 나직이 들리는 우리의 숨소리는 금방이라도 부화할 듯 생명력으로 가득합니다. 날개 속에 고개를 묻은 채 스스로 자랑스러워져 흐뭇하게 웃고 있는 친구들도 있을 겁니다. 그래도 돼요. 호수가 다 녹고 조명이 어두워지기 전까지 우리는 엄연한 백조니까요. 언제까지나 조명을 받으며 당신들에게 우리의 몸짓을 뽐내고 싶으니까요.

이따 다시 만나요. 틈이 생기면 당신을 향해 목련처럼 웃어드릴게요.

〈대기실에서〉 6:00 p.m.

우리는 초조합니다. 무대에 오르기 전이 가장 두렵습니다. 어른들은 우리가 아직 어려서 그렇다고 하지만, 그런 말은 믿을 수 없어요. 우리가 뭐 바본 줄 알아요? 그래도 선의의 거짓말white lie이니 고개 끄덕이며 넘어가주는 거죠. 너무 긴장한 나머지 화장실에 가서 하얀 구토를 하고 오는 애들도 있어요. 역시나 백조가 되는 일은 그리 호락호락한 게 아니에요. 눈 감고 눈 내리는 광경만을 떠올리기로 합니다. 우리는 리허설 때보다 더 하얘져야 합니다. 더 완벽하게 쏟아져야 합니다. 우리의 눈송이는 더 둥글고 더 단단해져야 합니다. 더 활기차게 흩날려야 합니다.

우리는 서로의 얼굴을 보며 눈짓으로 다짐합니다. 백조들의 의리 같은 것이지요. 우리는 잘할 수 있어. 하얀 날갯짓으로 관객들의 눈을 사로잡을 수 있어. 우리는 홀로 개화해서 함께 만발할 거야. 눈꽃처럼 피어났다가 아이스크림처럼 사르르 녹아내릴 거야. 그러나 떨리는 건 어찌할 수 없어요. 우리는 두 손을 모은 뒤 그 안에 대고 호호 입김을 불어넣습니다. 입김이 아주 많이 서리면 손이 쨍그랑 하고 깨질 수도 있을까요? 이런 상상마저도 상온의 드라이아이스처럼 금세 증발해버립니다.

선생님이 공연 시작 10분 전이라고 알려줍니다. 발을 동동 구르며 허공에 대고 애원합니다. 이 순간이 제일 견디기 어렵습니다. 몇몇은 아예 바닥에 엎드려버립니다. 땅에 흘려버린 우유처럼 우리는 처량하기 이를 데 없어요. 우리를 응원해주세요. 심장이 터져버릴 것만 같아요. 어디선가 백색 소음white noise이 들려오기 시작했어요. 눈을 질끈 감고 양쪽 검지로 귀를 꽉 틀어막습니다. 아무것도 보이지 않고 아무것도 들리지 않습니다.

〈공연 시작 5분 전〉 6:55 p.m.

우리는 지금 막 뒤에 있어요. 극도의 긴장white heat이 우리의 몸을 휘감고 있습니다. 관객들이 코를 훌쩍이거나 옷자락을 스치는 소리가 간간이 들려옵니다. 이 분위기를 사랑하지 않을 수 없어요. 이 팽팽한 순간이 우리의 건강을 유지해주는 것만 같습니다. 방금 전까지만 하더라도 심장이 터질 것 같았는데 이제 곧 한바탕 춤을 출 거라고 생각하니 모든 불안이 해소되는 느낌이에요. 하얀 눈이 녹으면 투명한 물이 되는 것만큼이나 이해하기 힘든 일입니다.

막이 열리면 우리는 발레복을 들썩이며 공중으로 날아오를 거예요. 백조처럼 유유히 무대 위를 떠다니다가도 방향 감각을 상실한whiteout 백마처럼 어디로든 달려갈 준비가 되어 있어요. 우리는 스냅사진처럼 불안하고 눈보라 치기 직전처럼 위험하지만 어떤 관객도 우리의 눈을 맞고 차갑다고 생각지 않을 거예요. 한껏 날개를 벌려 당신들을 안아줄 테니까요. 기대하세요, 이제 몇 초 뒤면 우리는 사정없이 불어닥칠 겁니다.

하나 둘 셋, 그리고 마침내 기다려왔던 1음절의 외침. 큐!

Edgar Degas _1834-1917_

드가에게는 움직임이 중요했다. 동선부터 시작해 눈의 깜박임 하나하나까지 그는 모든 것이 완벽해야 직성이 풀리곤 했다. 드가는 일전에 이렇게 말했다. "그림에서 우연적으로 보이는 건 있을 수 없다, 심지어 움직임조차도." 마치 무대에서 펼쳐지는 공연에서 털끝만큼의 실수도 용납되지 않는 것처럼, 그는 자신의 작품 속에 모종의 어색함이 끼어드는 것을 참을 수 없었다. 〈무대 위의 리허설〉은 그런 식으로 그려지기 시작했다. 그는 무용수들의 부드러운 움직임과 공연 직전이 가져다주는 긴장을 색채 속에 녹여내고 싶었다. 그는 솜털처럼 가벼운 무용수들의 무게와 막 얼어붙기 시작한 눈송이의 떨림을 떠올렸고, 이내 하얀색 물감을 붓끝에 찍어 발랐다. 그는 그렇게 그림을 그리기 시작했고 결국 이 '화이트' 덕분에 그림 속에는 "약간의 미스터리, 약간의 모호함, 그리고 약간의 환상"이 담길 수 있었다.

12

따듯한 멜랑콜리

모리스 위트릴로 〈파리의 골목〉

Maurice Utrillo, *Paris Street*

1914

창백하고 부드러운. 두 개의 형용사가 과연 한 문장에서 어울릴 수 있을까요? 저는 그렇다고 생각합니다. 위스키와 럼. 두 개의 명사가 과연 한 독에서 어울릴 수 있을까요? 이것 또한 저는 가능하다고 생각합니다. '따뜻한 고독'이라는 수사가 과연 말이 되는 것일까요? 저는 그만 입을 다물어버립니다. 그것은 마치 '찬란한 슬픔'처럼 위대한 경지가 아닐까 싶어요. 그때부터 색을 섞었던 것 같습니다. 색을 좀 탁하게 만들면 기분이 좀 나아졌으니까요. '만들어진 재능'이나 '타고난 노력' 같은 표현을 붙여도 좋아요. 저는 제가 스스로 선택한 사생아, 모든 이들의 아들이자 누구의 아들

도 아닌 셈이에요. 그림을 그려서 아픈 사람과 아파서
그림을 그리는 사람 사이엔 어떤 차이가 있을까요?
저는 담배를 거꾸로 물고 술병을 거꾸로 들고 이 거리
를 걸어요. 바닥에 납작 붙어서 그림자가 날 일으켜길
기다리지요. 햇볕은 차갑고 바람은 따스합니다. 하얀
피부가 매력 있지만 백치미란 말도 있는 것처럼 복잡
하고 놀라운 세상. 지금 이 거리에는 형용할 수 없을
만큼 모순형용들이 즐비해요.

» 하얗게 창백하게, 열 살 «

단일한 것을 거부하는 운명에 대해 알고 있습니까? 첫 문장을 이렇게 쓴다. 내가 기억하는 나는 언제나 하나가 아니었던 것 같다. 그렇다고 내가 아메바처럼 분열되어 있는 것은 아니다. 나는 그저 단일체라고 말하기에 불완전할 뿐이다.

하나가 되지 못한 자들은 여러 가지 것들을 퍼즐처럼 끌어모은다. 그것들을 완벽히 다 연결하면 하나 구실을 할 수 있을 거라고 생각하기 때문이다. 그러나 퍼즐 조각들은 서로 들어맞지 않는 경우가 대부분이다. 어떤 것은 네모고 다른 어떤 것은 동그라미. 어떤 것은 연두색이고 다른 어떤 것은 분홍색. 아무리 연구해도 그것들을 서로 접붙이는 법이 떠오르지 않는다. 도무지 손쓸 수가 없는 상황.

내 삶은 말 그대로 진창이었다. 진창에 빠져 허우적거렸으면 차라리 나았을지도 모른다. 나는 그러지도 못하고 멀찌감치 서서 내 삶이 더 질퍽질퍽해지는 모습을 지켜보기만 했다. 어려서, 무능해서, 겁에 질려서, 술에 절어서, 사랑에 굶주려서, 마약에 찌들어서, 친구들에게 배신당해서, 친구가 아닌 사람들에게도 똑같이 배신당해서. 핑계는 한도 끝도 없었다. 그러나 나는 그다지 낙담하지 않았다. 진창이 딱딱해질 때까지 기다릴 수 있을 만큼 나는 충분히 순진했다. 미련할 정도로 뚝심이 있었다. 그래서 나는 아직까지도 허여멀겋고 흐리멍덩한 아이. 하늘하늘하고 해롱해롱한 아이. 그래서 나는 죽을 때까지 열 살.

열 살에 나는 내 성(姓)을 처음으로 갖게 되었다. 그 전까지 나는 그냥 모리스였다. 어느 날 어떤 남자가 나에게 다가왔다. 하얀 피부를 지닌 깡마른 이었다. 남자는 내게 우유를 사주고 모리스, 모리스, 네 아버지는 누구니. 나는 아무 말도 하지 않고 머리만 긁적였다. 그러면 그는 나를 빤히 들여다보며 모리스, 모리스, 말을 못하니. 나는 가만히 고개를 저었다. 그러니 그는 몸을 낮추어 내 양 어깨를 붙잡고 모리스, 모리스, 쓸쓸하니. 나는 세차게 고개를 가로저었다. 남자는 두 팔을 벌려 나를 꼭 안아주었다. 태어나서 그렇게 긴 팔을 가진 남자를 나는 처음 보았다. 앙상한 가지들끼리 타닥타닥 부딪치는 소리가 들렸다. 가지들이 모닥모닥 모여 작은 불꽃이 피어났다. 모리스, 모리스, 그러면 내가 네 아버지가 되어주마. 나는 들고 있던 우유를 그만 떨어뜨리고 말았다.

동그라미와 네모, 분홍색과 연두색. 나는 이제 이것들을 조합하는 법을 알고 있다. 네모로 그릇을 세우고 동그라미로 꽃을 만들면 되지. 분홍색으로 동그라미를 채우고 거기에 연두색 줄기를 그려주면 근사한 화분이 완성되잖아. 그러나 삶의 진리는 깨우치는 순간 느닷없이 시시해지는 법. 나는 천성이 화려함과는 걸맞지 않아. 열 살은 순수한 나이. 자신의 눈을 거리낌 없이 믿는 나이. 한두 가지의 경쾌한 모양과 한두 가지의 밝은 색깔만 가지고도 충분히 풍요로운 나이. 그 모양을 가슴에 품고 그 색깔을 가슴에 새긴 채, 진창으로 저벅저벅 들어가는 나이. 다른 열 살들처럼, 나도 진창에서 벗어나지 않을 거야. 발을 완전히 다 담그지는 않고. 그러나 더없이 가까이 있겠지. 이곳을 결코 떠나지 않을 거야.

나는 너무 멀리 떨어져 있는 것들을 한데 모으는 데에는 관심이 없다. 그것은 상상력이 풍부한 사람에게나 즐거운 일이다. 유년 시절에 들판에서 이름 모를 생물을 손으로 만져본 사람, 실수로 풍선을 터뜨려 동시에 자신의 울음보마저 터뜨려본 사람에게나 어울리는 작업이란 말이다. 나는 이런 기억들과 가깝지 않다. 나는 보편에서 벗어나 있다. 나는 아마 거대한 벽화를 그리거나 신화를 재해석한 그림 같은 것은 그리지 못할 것이다. 나는 그것들과 친밀하지 않다. 어렵고 두려운 일은 어두컴컴하다. 딱 질색이다.

나는 여기에 가깝다. 나는 지금에 가깝다. 나와 가까운 것을 그리자.

내 옆을 그리자. 나에게 친숙한 것을 다시 한번 가슴에 품자. 가까운 것에 볼을 맞대고 한량없이 기꺼워지자. 내 앞을 그리자. 그러나 뒤는 돌아보지 말자. 나는 열 살, 앞만 바라보는 나이. 뒤를 볼 만큼 후회할 것이 많지 않다. 뒤에 남겨진 것들에 미련을 둘 만큼 미련하지 않다. 나는 파리지앵이고, 파리지앵으로서 파리를 그릴 것이다. 나는 소박하다. 나는 내가 할 수 있는 일을 한다.

　모리스, 모리스, 네 성은 뭐니?
　나는 파리에 삽니다.
　모리스, 모리스, 네 아버지는 누구니?
　너무 떨린 나머지, 우유를 엎질러버렸잖아요.

　일전에 보들레르는 '파리의 우울'에 대해 썼다. 그것들이 다 어디에서 나왔겠는가. 바로 이 골목이다. 내가 지금 거기에 서 있다. 나에게 가까운 것들이란 이런 것이다. 파리의 이름 모를 상점. 상점의 이름 모를 물품. 물품의 이름 모를 이름. 낮에는 잠을 자는 술집. 밤에는 기지개를 켜는 술집. 새벽에는 낮잠을 자는 술집. 가난한 자의 행복. 혹은 행복한 자의 가난. 그것들은 분홍과 연두처럼, 네모와 동그라미처럼 빤하지 않다. 골치 아프지 않다. 마냥 행복한 표정을 짓고 있으라고 종용하지 않는다. 술병을 물고

졸랑졸랑 파리의 거리를 걷는다. 이 시멘트, 이 모래, 이 산화칼슘 냄새. 나는 열 살, 이 냄새를 입안에 가득 넣고 하루 종일 씹어 먹고 싶다. 열 살의 냄새. 열사熱沙의 낌새.

　　나는 파리의 거리를 그렸다. 상점들과 밀어密語를 나누고 뇌를 표백하고 걸신이라도 들린 듯 종일 붓을 놀려댔다. 노상路上에서 노상 한 손에는 술병을, 다른 한 손에는 붓을 들고 있었다. 틀림없었다. 열 살짜리 아이는 스스로 슬로건을 내걸고 그것을 실천하는 열정을 지니고 있었다. 나는 순순히 나에게 포박당함으로써 나를 부둥켜안았던 것이다. 어느 날 아버지가 또다시 나를 찾아왔다. 여전히 하얗고 창백한 얼굴. 부서질 듯 불안한 몸뚱이. 위트릴로, 위트릴로, 위태롭구나. 위태로운 대상이 나인지 아버지인지 도무지 알 수 없었다. 그 알 수 없음 때문에 두 눈망울 가득 울음이 차올랐다. 위트릴로, 위트릴로, 파리를 에워싼 벽들은 이렇게 새하얗지 않아. 아버지는 그 말을 남기고 떠났다. 다시는 돌아오지 않을 거라는 걸 직감적으로 알 수 있었다.

　　나는 열 살의 위트릴로, 거리를 방랑하는 아이. 손끝을 벽에 대고 미끄러지듯 걸어갔다. 하얗게 반짝이는 단단한 알갱이들이 손끝에 묻었다. 나는 며칠 동안 그것들을 모았다. 모래 같기도 하고 석회 같기도 하고 진흙 같기도 한 것들이 주먹에 한 움큼 쥐어졌다. 그것들을 하얀 물감 속에 넣고 잘 섞었다. 물감의 색이 점점 창백해졌다. 그 물감으로 벽을 다시 칠했다. 벽은 까슬까슬한 질감을 얻었다. 나는 그 위에 들고 있던 술병을 부었다. 그림에서는 알코올 냄새가 났다. 독한 냄새를 풍기며, 벽은 영원히 그 자리에 서 있을 것 같았다.

비가 내리면 모래는 젖고 바람이 불어오면 석회 알갱이들은 공중에 날리지. 나는 파리의 거리에 〈파리의 거리〉를 두고 그것들을 잠자코 지켜보았지. 문득 이런 생각이 들었어. 나는 지금 파리의 거리에 있는 걸까, 〈파리의 거리〉에 있는 걸까. 비가 불면 거리는 촉촉이 젖고 〈거리〉 역시 똑같이 촉촉이 젖어. 바람이 불면 거리는 황량해지고 〈거리〉도 따라서 황량해져. 거리 속에 〈거리〉가 있었어. 〈거리〉 안에 거리가 있었어. 우유를 마시며 거리를, 〈거리〉를 걸었지. 아버지가 내 옆에 있는 것 같았어. 열 살의 나는 아버지를 안아주었어. 앙상한 가지끼리 타닥타닥 타들어갔어. 우리는 부싯돌처럼 한동안 가만히 있었지. 온기가 아직…… 남아 있어.

위트릴로, 위트릴로, 너는 누구니.
나는 열 살이에요.
위트릴로, 위트릴로, 너는 어디에서 와서 어디로 가니.

나는 진창 옆에 있다가 파리의 벽으로 들어갑니다.
위트릴로, 위트릴로, 파리의 벽에는 무엇이 있습니까.
따뜻한 멜랑콜리.

Maurice Utrillo *1883-1955*

위트릴로의 유년 시절은 불우했다. 십대 초입에 그는 이미 술과 마약에 찌들 대로 찌들어서 자신이 불우하단 사실도 거의 잊고 지내다시피 했다. 그는 운명처럼 몽마르트르에 올라가 "제길!"이라고 고함을 치며 파리를 내려다보았다. 어머니는 위트릴로의 손에 붓을 쥐여주었고, 그는 수용소에 갇혀 매일 그림을 그리기 시작했다. 탈출하고자 하는 욕망이 그를 옭아매는 날들이 이어졌다. "이곳 사람들은 바보들, 바보들이야! 한시도 그 생각을 안 할 수가 없어." 위트릴로는 어디론가 떠나고 싶은 마음이 굴뚝같았지만 언제나 그때뿐이었다. 그는 어느새 붓을 집어들고 파리를 그리고 있었으니 말이다. 위트릴로는 파리를, 몽마르트르를 버릴 수가 없었다. 그는 하얗게 질린 얼굴로 파리의 고적한 풍경을 응시했다. 이상하게 하얀 물감에 자꾸 손이 갔다. 하얀색에 회색을 섞고 검은색을 섞고 카드뮴옐로나 스카이블루를 섞고 나면 마음이 편안해졌다. 반면, 파리의 낮은 점점 창백해져갔다. 몽마르트르의 오후를 맞이할 때쯤 그림은 완성되었다. 〈파리의 골목〉은 휑뎅그렁했고 그가 창조한 화이트 앞에선 바람마저 멎을 지경이었다.

13

감동의 기하학

카지미르 말레비치 〈흰색 위의 흰색〉

Kazimir S. Malevich, *White on White*

1918

당신은 방금 뭔가를 잊어버렸습니다. 옛 애인의 전화번호나 당신의 집 우편번호, 당신이 10년 전에 즐겨 사용하던 아이디, 당신의 본적, 당신의 여권이나 계약서, 당신의 첫사랑이 가장 좋아하던 색깔, 백합의 꽃말, 편지를 쓰는 법, 그리고 누군가를 사랑하는 방식. 어떤 것들은 약간의 노력만 기울이면 손쉽게 다시 기억해낼 수 있습니다. 하지만 당신을 옥죄고 억누르는 것들은 대부분 그렇지 않은 것들입니다. 당신은 그것들을 다시 얻기 위해 고군분투합니다. 자존심을 바닥까지 드러내고 누군가에게 비밀을 전파합니다. 당신의 거짓말 실력에 대해 스스로 놀라기도 합니다. 당신은 수치심과 절망감에 한동안 시달릴지도 모릅니다. 사소한 것이 사소한 정도를 넘어갈 때 당신은 특별히,

조심해야 합니다. 당신은 당신의 위치를 지키기 위해 안간힘을 쓰지 않아도 됩니다. 당신을 친친 동여매고 있는 온갖 유혹에서 벗어나야 합니다. 이 세계는 이미 당신에게서 조금 몸을 틀었고, 세계에 속하기 위해 당신 역시 스스로 몸 비틀기를 주저하지 말아야 합니다. 당신은 이제 집착하던 것을 버리고 하얗게 자신의 삶을 새로 시작해야 합니다. 백지수표를 들고 거기에 당신이 당장 필요한 최소한의 액수를 적어야 합니다. 그걸 가지고 일단 내일 아침을 맞이해야 합니다.

» 어떻게든 더 하얘져 «

우리 같은 사람들은 하얀 종이에 글을 씁니다. 하얀 종이에 그림을 그린다고도 말할 수 있습니다. 글을 쓰거나 그림을 그리다가 피곤해지면 하얀 종이 위에서 잠을 청하기도 합니다. 또다른 하얀 종이를 이불 삼아 덮고 말입니다. 이처럼 우리는 하얀 종이를 항상 곁에 두려고 합니다. 하얀 종이를 마주하고 있으면 뭐라도 할 수 있을 것 같습니다. 주도권을 쥐고 있는 게 우리라는 생각이 드는 겁니다. 그것을 언제든 더럽힐 수 있을 거라는 자신감도 가지고 있습니다.

하얀 종이는 언제나 하얀 종이입니다. 우리는 보통 하얀 종이 위를 미끄러지며 위안을 얻곤 합니다. 그러나 때때로 하얀 종이는 우리를 지치게 하고 종래에는 미치게 하기도 합니다. 우리는 하얀 종이 위에 비친 우리의 모습을 보며 좌절하고 흥분합니다. 알다시피 자신의 한계를 보는 일은 그다지 유쾌하지 않습니다. 우리는 창백해질 대로 창백해져서 하얀 종이 위에 구토를 하기도 합니다. 사실, 우리는 유약한 존재입니다. 우리는 곧 얼룩처럼 부끄러워져서 하얀 종이를 쓰다듬고 가다듬고 보듬고 어루만집니다. 가슴이 아픕니다. 우리는 살을 쥐어뜯으며 하얀 종이 위로 잘게, 잘게

●김광균 시인의 시 「추일서정」에서 인용.

찢어집니다.

처음 하얀 종이를 만나던 날을 기억합니다. 우리는 모두 나름대로의 비참한 상황에 놓여 있었습니다. 달성되지 못한 꿈, 돌아오지 않는 연인, 떠오르지 않는 추억, 잃어버린 돈, 썩어버린 재능 등 우리는 하나같이 무언가를 삶에서 떠나보내야만 했습니다. 상실의 순간들이 태피스트리처럼 연결되면 결국 뭐가 남는지 아십니까. 공황입니다. 알록달록한 공황은 끝날 기미가 보이지 않습니다. 우리를 타락의 나락으로 떨어지게 하려는 것이지요. 우리는 혼란스러웠습니다. 어떻게 해야 이 날실과 씨실의 올가미에서 벗어날 수 있을까요? 어떻게 해야 원래 상태로 되돌아갈 수 있을까요? 우리는 폴란드 망명 정부의 지폐* 가 된 심정으로 주저앉았습니다. 대체 어떻게 하다가 이 지경에 이르렀을까요.

우리는 너무나 바라는 것이 많았습니다. 1등 욕심에 돈 벌 궁리, 한탕주의와 천재성에의 갈망 등이 시종 우리를 따라다니며 유혹했습니다. 우리는 그저 남들처럼 이러한 것들을 바라고 또 바랐습니다. 투자를 하고 요행수를 노리고 모든 것들이 나를 중심으로 돌아갈 것이라 생각했습니다. 속물 정신은 언제나 유행이었지만, 슬프게도 우리에겐 그것을 충족시킬 만큼의 운은 없었습니다. 게다가 이것들을 얻지 못했을 때 들이닥칠 상실감을 견디기엔 우리는 너무나도 나약하고 여렸습니다. 그런 우리가 할 수 있는 일은 단 하나. 욕심을 버리는 것. 또 한 차례 투명해지는 것.

　우리는 점점 우리가 매달리던 것들로부터 자유로워졌습니다. 우리는 우리에게 정직해지기로 했습니다. 우리의 능력에 대해, 우리의 깜냥에 대해, 우리의 경제적 수준에 대해 곰곰 따져보기 시작했습니다. 우리는 그야말로 맨몸으로 삶에 다시 뛰어들었습니다. 거기에 거짓말처럼, 진실 같은 하얀 종이가 있었습니다. 그저 하얀 종이에 불과할지도 모를 하얀 종이가 있었습니다. 세상에서 가장 얇고 바삭바삭한 종이, 손끝으로 건드리기만 해도 깊숙한 어딘가로 곧바로 침몰할 것만 같은 종이가 있었습니다. 종이를 마주한 우리는 동시에 두근거리고, 동시에 하얘졌습니다. 우리는 우리가 할 수 있는 말만 하고, 우리가 쓸 수 있는 글만 쓰고, 우리가 그릴 수 있는 것만 그리기로 마음먹었습니다.

　우리는 하얀 종이 위에 하얀 종이를 덧대기도 하고 하얀 잉크를 떨어뜨려 종이를 더욱 하얗게 만들기도 했습니다. 우리는 우리에게 관능이 사치란 사실을 무엇보다도 잘 알고 있었습니다. 묘사는 더이상 진실이 되기 어려웠습니다. 우리에겐 사물을 똑같이 그리는 것보다 본래로 돌아가는 일이 더 시급했습니다. 어떻게든 더 하얘져야 했습니다. 하얀 사각형들이 하얀 종이 위를 떠다니기 시작했습니다. 눈물마저도 사각형으로 떨어졌습니다. 우리는 우유 같은 눈물을 흘리며 하양 위에 하양을 세우는 데 모든 힘을 쏟았습니다. 이상하게도 하얀 종이를 올리면 올릴수록, 하얀 잉크를 떨어뜨리면 떨어뜨릴수록 종이는 더 얇아지고 파삭파삭해졌습니다.

우리는 2차원의 프레임에 갇혀 점차 아무것도 아닌 게 되어가고 있었습니다. 그러나 더이상 슬프다거나 우울하지는 않았습니다. 우리는 아무것도 아니었지만 그 어떤 것이 될 수도 있는 상황이었습니다. 아무것도 아닌데 턱턱 숨이 막히고, 아무것도 없는데 헉헉 숨이 차올랐습니다. 구름 위에서 코를 막고 솜사탕을 뭉게뭉게 피우는 기분이었습니다. 우리가 몸을 담은 프레임은 그렇게 하얀 늪 위를 천천히 떠다니고 있었습니다. 종래에는 하얗게 질릴 것만 같았습니다. 아무것도 아닌 주제에 모든 것을 하얗게 뒤덮을 수 있을 것 같았습니다.

우리는 그렇게 하나의 중요한 존재가 되어가고 있었습니다. 우리들 각각은 사각형의 배를 자율적으로 조종하는 선원이었습니다. 바람이 불지 않고 파도가 치지 않아 배가 가만히 떠 있을 때조차 우리는 그 자체로 위엄 있고 생기 있는 무엇이었습니다. 우리의 율동과 우리의 템포는 절대적이었습니다. 하얀 종이 위에 앉아 하얀 바다를 떠다니며 우리는 글을 쓰고

그림을 그렸습니다. 그리고 어떤 순간,

　　그러니까 마치 살얼음이 깔린 호숫가 위에 창백한 셀로판지가 한 장 떨어지는 순간,
　　벽에 걸린 거울이 살짝 기울어지는 순간,
　　내 모서리가 너의 모서리를 스치는 순간,
　　제3의 화이트가 탄생하는 순간,
　　하얀 종이배가 하얀 바닷속으로 모래처럼 가라앉기 시작하는 순간,
　　반음이 없는 피아노가 혼자 힘으로 소나타를 연주하는 순간,
　　모든 문자와 모든 색채가 깊디깊은 화이트홀 속으로 아득히 사라지는 순간,
　　우리는 결정타를 맞은 사람들처럼,

　　감동에 못 이겨 그만 하얗게 질려버렸습니다.

Kazimir S. Malevich *1879-1935*

말레비치는 자신만의 미학이 확고한 예술가였다. 그는 "그림은 대상의 미적인 면을 드러내지만, 그것이 입때껏 독창적이었다거나 본연의 목표에 도달한 적은 없다"고 생각했다. 그리고 그 본질에 다가가는 일은 자신이 평생 이룩해야 할 숙원과도 같은 것이었다. 그가 맨 처음 다가간 것은 도형이었다. 그는 사각형을 가리켜 다음과 같이 말했다. "사각형은 더이상 잠재의식의 양식이 아니다. 그것은 직관적 이성의 창조물이다. 새로운 예술의 얼굴이다. 사각형은 살아 있는, 위풍당당한 어린아이다. 순수한 창조의 첫 단계 말이다." 형태가 정해졌으니 이젠 색채를 선택할 시간이었다. 그는 "색채는 그림의 본질이지만, 주제에 의해 항상 살해되어왔다"고 생각했다. 당연히 색채를 최소화함으로써 주제를 드러내는 일이 중요해졌다. 그는 캔버스에 사각형 두 개를 그리고 그 안을 화이트로 칠하기 시작했다. 오랜 시간이 지난 후에 그는 자신 앞에 "자유롭고 하얀 바다"가 펼쳐져 있음을 깨닫게 되었다. 이제 누구든 그 안으로 풍덩 뛰어드는 일만 남았다고 그는 생각했다.

14

눈물을 위하여

알프레드 시슬레 〈루브시엔느의 설경〉

Alfred Sisley, *La neige à Louveciennes*

1878

눈 내리는 풍경을 그림으로 그리는 일은 불가능하지요. 그것은 오로지 눈으로만 가능한 것이니까요. 눈으로 보고 몸으로 느끼는 것 외에는 설경을 제대로 감상할 수 있는 뾰족한 수가 없어요. 하얀 물감을 묻혀 눈길을 그리고 눈 쌓인 나무를 그린다고 칩시다. 눈 내리는 모습을 그리기 위해서 팔레트 위에 하얀 물감을 더 많이 풀었다고 칩시다. 몇 시간의 작업 끝에 캔버스 전체가 하얗게 물들었다고 칩시다. 그런데 이 일을 어떡하면 좋지요? 하얀 물감은 이미 바닥이 나버렸는데, 그사이 눈이 더 쌓이고 말았어요.

» 여백의 백 같은 느낌 «

눈이 내린다. 소리 없이, 기척 없이, 시늉 없이 내린다. 눈 내리는 광경을 지켜보고 있노라면, 비가 땅을 적시는 소리가 얼마나 요란했는지 알 수 있다. 눈은 액체로 이루어진 고체 덩어리. 눈끼리 서로 엉겨 붙으면 눈송이가 된다. 눈송이는 포도송이처럼 나무에 주렁주렁 매달린다. 눈송이를 따먹는 기분은 어떤 것일까. 가만히 손을 뻗어 나뭇가지에 걸린 눈송이를 만져본다. 알맹이도 없는 어떤 물질이 손에서 빠져나간다. 마치 비-물질의 물질 같은 느낌.

손가락 사이사이로 물이 떨어진다. 눈이 물이 되는 순간이다. 눈이 물로 변화하는 순간, 하얗게 품고 있던 환상이 와장창 깨진다. 눈송이가 또 녹은 것이다. 나는 또 속은 것이다. 환상은 가루로 잘게, 더 잘게 바스러져 땅 위에 쌓인다. 재능 없는 마이더스가 된 기분이다. 무안해진 나는 구두창을 눈 쌓인 바닥에 자꾸 비벼댄다. 어떤 결정結晶이 발아래 쪽에 있다. 마치 비-결정의 결정 같은 느낌.

바닥에 쌓인 눈을 지그시 바라본다. 설탕처럼 반짝거리는 것, 연유처럼 녹아 흐르기 직전인 것. 나는 눈에 섣불리 손을 갖다대지 못한다. 이 반고체 상태의 물질은 손에 찐득찐득 달라붙어 당분간 떨어지지 않을 것만 같다. 봄이 올 때까지, 오늘이라는 달이 저물 때까지, 내일이라는 태양이 떠오를 때까지, 내 몸에서 울컥 어떤 물질이 치솟을 때까지, 그 물질로 두 손을 바득바득 씻을 때까지. 눈은 맘만 먹으면 정말 그럴 수 있을 것이다. 따라서 내 손은 정지하지 못한 채 허공을 계속해서 방황한다. 허방을 짚고 자꾸만 구석으로 나가떨어지려고 한다. 암담하다. 마치 두 손 들게 만드는 손 같은 느낌.

눈의 결정은 무척이나 섬세하다. 척 보기만 해도 딱 알 수 있는 사실들이 있다. 햇볕이 쏟아지면 눈은 온몸을 이리저리 뒤틀어댄다. 제 몸 안에 있는 모든 숨 구멍을 활짝 열어놓는 것이다. 지금 이 순간에도 보이지 않는 거품들이 사방으로 날아가고 있을지도 모른다. 눈은 지금 무방비 상태다. 누군가와 결합을 꿈꾸는 로맨티시스트처럼 빠르게 빛나고 있다. 나비가 앉으면 노랗게, 홍시가 떨어지면 붉게 물들 것만 같다. 문득 공기 중의 먼지나 미생물이 되어 눈에 찰싹 달라붙고 싶다. 그럴 수만 있다면 어디 생트집이라도 잡고 싶은 심정이다. 나는 지금 무엇보다 정에 굶주린 사람. 눈밭에 숭숭 구멍이 뚫리는 모습을 지켜보며 발만 동동 구르는 겁 많은 사람. 눈의 결정 중심에 무엇이 있는지 빤히 들여다보며 내 안에 너를 녹일 수 있을까 기대하는 사람.

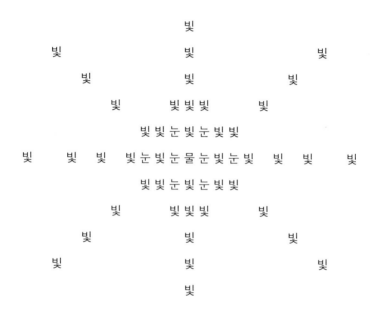

눈이 그쳤다. 허기가 지고, 날이 지고 있다. 날이 더 어두워지기 전에 떠나야 한다. 나는 여행가, 일정대로라면 내일까지 베르사유를 벗어나야 한다. 그러나 때때로 어떤 광경은 자신의 신분을 깡그리 잊게 만들기도 한다. 여행가에게 있어 가장 위험한 유혹은 바로 한곳에 오랫동안 머무르는 것. 정착이라는 단어와 이별을 고한 지 벌써 몇십 년이 흐른 상태다. 그러나 이곳에서는 떠나가는 발을 붙잡는 무시무시한 힘이 느껴진다. 방금 전까지 나는 포로를 자처하고 이 놀라운 광경에 압도당하고 결박당했다. 눈이 그치기 전까지 나는 온전한 내가 아니었다. 물이 되기 전의 눈처럼 위태로웠다. 이 설경 속에 손가락 같은 틈이라도 있었다면 나는 어떻게든 빠져나갔을 것이다.

이 세상의 소음들이 파묻히고 있다. 이 세상의 소문들이 자취를 감추고 있다. 나는 순순히 눈의 결정決定에 따르기로 한다. 풍경 너머로 넘어가기로 한다. 나는 풍경에 속하기 위해 발을 내디디는 것이 아니다. 소실점이 되어 사라지기 위해 풍경에 들어서는 것이다. 눈은 거대한 장막으로 나를 가려버릴 수도 있지만, 나는 개의치 않는다. 내가 주인공이 아니라는 사실을 나는 똑똑히 알고 있다. 나는 여백이다. 그것으로 족하다. 나로 인해 눈은 더 하얘진다. 나로 인해 눈은 더 눈다워진다. 눈길 위에 조심스럽게 첫발을 내딛는다. 그 느낌은 세상에서 가장 얇은 살얼음을 밟는 것만큼이나 강렬하다. 이 길은 아마 영원할 것이다.

모든 일들이 한창이었다가 순식간에 사그라지는 소리가 들린다. 병이 들고 정이 들고 멍이 들었던 사람들이 숨을 멎고 꿈을 멎고 춤을 멎을 시간. 세계는 이미 노곤한 기색이 역력하다. 하얀 벌판 위에서 생명들은 창백한 얼굴로 잠들어간다. 아침이면 뽀얗게 재생할 자신의 얼굴을 생각하며 눈으로 만든 이불을 덮고 눈을 감는 것이다. 이윽고 눈길 위에는 자박자박 밟고 밟히는 발소리만 들린다. 내 발이 채 닿기도 전에 쌔근쌔근 숨소리를 내뱉는 눈밭. 눈밭을 걷다가 나는 로제타석처럼, 빛 속에서 한동안 어둠을 밝히고 우뚝 서 있다. 사방에 펼쳐진 눈이 눈부시다. 눈은 빛나기 위해 사방에 있는 모든 것들을 끌어들인다. 잔인한 고요.

눈 위에 눈물 몇 방울이 떨어진다. 눈이 물이 되고 눈물이 얼어 눈이 된다. 나는 눈과 더불어 얼음처럼 차가워진다. 하지만 눈-물이 다 녹기 전에 남은 눈물을 위하여 더욱 가열하게 걸어야 한다. 갑자기 팥죽이 먹고 싶다. 이방異邦의 음식이 또다시 그리운 것이다.

Alfred Sisley *1839-1899*

시슬레는 자연에 푹 빠진 사람이었다. 그는 무엇보다 자연을 사랑했고, 그가 사랑하는 화가들 역시 자연과의 교감을 캔버스에 담아낸 자들이었다. 〈루브시엔느의 설경〉 역시 그가 자연과 어떤 식으로 소통했는지를 잘 보여주는 작품이다. "모든 그림은 예술가가 사랑에 빠진 지점을 보여준다"는 게 그의 일관된 신념이었다. 그는 그림의 모티브 역시 관찰자의 사랑이 극에 달했을 때 얻어질 수 있다고 믿었다. 시슬레는 "불필요한 디테일"을 없앨 것을 종용하면서, 그렇게 해야만 예술가의 느낌이 제대로 캔버스에 묻어날 수 있다고 생각했다. 그가 평생 '풍경'에만 매달린 것도 이 때문이었다. 그는 불가피하게 풍경에 사로잡혔고, 풍경을 그림으로써 사람들의 시선을 사로잡았다. "아름다움은 과연 무엇인가"란 문제를 풀기 위해 그는 붓을 들고 비가 오나 눈이 오나 끈질기게 '밖'을 내다보았다. 풍경이 자신을 부를 때까지, 자신이 그 속에 순순히 예속될 때까지.

15

내일은 천천히, 그러나 반드시

이브 탕기 〈내일〉

Yves Tanguy, *Tomorrow*

1938

너는 희미함을 아니? 네 모습이 사라졌다가 윤곽 없이 솟아오르는 상상을 해보았니? 한 번이라도, 단 한 번이라도 꿈을 꾼 적이 있니? 무방비한 장면의 주인공이 되어 실크로드를 누빈 적이 있니? 아무것도 아닌 것들이 뜨악하고 무섭게 느껴지지는 않았니? 하얗게 겁에 질려 바닥에 납작 엎드려 눕지는 않았니? 꼬챙이 같은 네 몸이 떨릴 때, 형체를 알 수 없는 이불이 너를 감싸 안는 걸 혹시라도 눈치채고 있었니? 아마 안개였을 거야. 안개의 느닷없는 구원에 놀라 눈꺼풀을 파르르 떨지는 않았니? 아직 네 편이 남아 있다는 사실이 감격스러워서 구토를 하지는 않았니? 매번 그곳에 찾아갈 때마다 나는 사방에 흩어진 하얀 얼룩들을 발견하곤 하거든. 그러고는 기다렸다는 듯, 너에게 평온이 찾아왔을 거야. 너는 미소를 지었을 테고 틀림없이 그 미소는 희미했을 거야. 그렇다면 나의 첫번째 질문은 어제로 반송해야겠구나. 생각난 김에 묻는 건데, 마디가 있는 신체 부위들을 꼬무락거리며 장난을 친 것도 혹시 너 아니었니? 너도 모르게 안개가 없을 때를 상정해보았다가, 문득 막막해지지 않았니? 그런 식으로 너만의 하얀 전쟁이 막을 내리지 않았니? 그 뒤로 그 순간을 떠올릴 때마다 괜스레 울컥한 마음이 들지는 않았니? 반추가 끝나면 머리칼이 한 뼘이나 더 자라 있고 손톱은 롤러코스터를 타느라 정신없고 말이야. 그때부터는 하루가 1년처럼 느껴지지 않았니? 마치 머릿속이 완벽하게 표백된 것처럼 말이야. 그렇다면 나는, 내가 너와 사랑에 빠질 때까지 기다릴 수 있을 거 같아. 그게 아마 내일이 될지도 몰라.

» 순백은 아직 오지 않았다 «

1935년

선원이었던 나는,

항상 바다를 품고 살았다. 처음에 나는 바다가 내가 도피할 수 있는 최적의 공간이라고 생각했다. 아버지가 죽고 어머니가 집을 나갔을 때 나는 처음으로 선택이라는 것을 내리게 되었다. 그러나 내게 있어 선택은 제한적이었다. 열여덟 살의 나이에 할 수 있는 일이 과연 얼마나 될까. 내가 애초 몸을 두던 곳에 머물러도 부랑자 생활을 해야 했고, 낯선 곳으로 도피를 해도 결국은 부랑자 신세를 면치 못할 게 뻔했다. 나는 버림받은 자가 으레 그렇듯 떠나는 쪽을 선택했다.

선원 생활을 그만둔 지 열흘, 아니, 10년이 넘었지만, 나는 아직도 내가 어떤 방식으로든 유영하고 있다고 느낀다. 관성이다. 아직도 내 몸뚱이는 팔을 젓고, 아직도 내가 탄 배는 떠내려가고 있다. 보통 어떤 공간에 완전히 몰입하고 나면 시간이 느리게 흐르고 있다고 믿게 된다. 나 역시 이 때문에 깜짝 놀란 적이 한두 번이 아니다. 자고 일어났다고 생각했는데, 이마에 주름이 가 있고 인중에 난 수염이 입술을 간질이고 있다고 생각해보라. "시간은 공간과 정확히 균형을 맞추는 법이 없지." 내가 당시에 입버릇처럼 중얼거리던 말이다.

1936년

몽상가였던 나는,

선원이었던 시절, 바다라는 공간에 번번이 뛰어들었다. 물론 머릿속에서 말이다. 나는 겁이 많았지만, 그것을 들키지 않고 스스로 용기를 얻는 방법을 잘 알고 있었던 셈이다. 뛰어들 때마다 체감하는 짜릿함은 번번이 달랐다. 따라서 나는 태어나서 단 한 번도 수영을 해본 적이 없었지만, 바닷물이 얼마나 차갑고 짭조름한지 알 수 있었다. 다이빙을 하기 위해서는 시각과 후각, 그리고 일정 정도의 상상력만 있으면 되었다.

몇 년 동안 배 위에서 생활하다보니 갑판에 서서 바다를 바라보는 게 어느덧 유일한 취미가 되어 있었다. 통조림에 든 정어리를 씹어 먹으며 바다를 응시하고 있자면, 모든 것이 둥둥 떠다니는 것처럼 보였다. 구름마저도 내게는 솜으로 엉성하게 만든 공으로 보일 지경이었다. 크고 작은 파도가 칠 때마다 나는 고개를 들었다가 금세 꺼지고 마는 섬들을 생각했다. 모든 것이 새하얗게 불투명했다.

나는 조금만 더 용기를 내어보기로 했다. 손을 뻗어 바닷물을 만져보기로 결심한 것이다. 그때까지 나는 바다가 투명하다는 생각을 한 차례도 해보지 않았었다. 그것은 때때로 암초의 색을 띠고 있었고 수초처럼 진초록을 뿜낼 때도 있었다. 파도가 부서질 때면 바다는 마냥 하얗게만 보였다. 물과 물이 부딪히면 하얗게 된다는 사실이 놀랍기만 했다. 나는 조심스럽게 손을 뻗어 파도의 한 자락을 냉큼 건져올렸다.

하얀 물거품들이 손바닥 위에 안착했을 때, 이미 내 인생은 싱겁게 승부가 나버리고 말았다. 그것은 나의 승리가 확실했다. 물은 손바닥 색을 띠고 있었고, 그것은 물이 투명하다는 사실을 의미했다. 나는 손을 가볍게 그러쥐고 주먹 안에서 물들이 소금으로 변화하는 상상을 해보았다. 그리고 보이는 것들이 누군가의 손길이 닿으면 변화하는 세계를 꿈꾸기 시작했다. 바다가 하얀 늪이 되어 가라앉고 있었다. 물론 머릿속에서 말이다.

1937년

선생님이었던 나는,

어느 낡은 교실에서 수업에 한창이었다. 아마도 어찌어찌하다가 맡게 된 일회성의 강연이었을 것이다. 나는 포켓에 손을 깊숙이 꽂아넣은 채 어떤 거창한 말들을 해대고 있었을까. 모르긴 몰라도 아마 달짝지근한 거짓말이었음에 틀림없다.

수업은 지루했다. 내가 학생의 입장에서 강연을 들었다면 5분도 견디지 못하고 자리를 박차고 일어났을 것이다. 하품을 하며 칠판에 기억나는 단어들을 적었다. 불현듯 분필이 툭 부러졌다. 내일demain을 의미하는 단어를 적을 때였다. 학생들은 턱을 괸 채 자기 세계에 빠져 아무도 분필이 토막 난 사실을 모르고 있었다. 나는 말을 멈추고 분필 가루들이 폴폴 날리며 창가에 사뿐히 착지하는 모습을 보았다. 내일이란 과연 어떤 시공간일까. 창문에 붙어 있던 새하얀 분필 가루들이 내 귓속으로 파도처럼 밀려들었다.

문득 내일을 불러오는 게 내 일이라는 생각이 들었다. 당시의 나는 충분히 이기적이어서 내 의지대로 어느 때곤 수업을 끝낼 수 있었다. 생각해보라. 1년에 기억할 만한 날은 기껏해야 하루뿐이고, 오늘이 바로 그 하루가 아니던가. "보이는 것을 보이는 그대로 그리는 시대는 끝났어요." 나는 주제와 상관없는 다소 생뚱맞은 결론을 내고 부랴부랴 수업을 끝냈다. 그리고 내일을 향해 성큼성큼 걸어가기 시작했다.

1938년, part 1
화가였던 나는,

종종 나 자신에게 질문을 던지곤 했다. 바다에는 무슨 생물이 살까? 고래나 상어같이 시시한 것 말고도 우스꽝스럽고 신기한 생물들이 많이 있지 않을까? 그것들은 유연하고 신비로운 몸을 가지고 있을 거야. 눈과 코와 입 같은 기관은 아예 필요도 없을 거야. 몸으로 보고 맡고 먹을 거야. 나는 이미 하얀 캔버스 위에 하얀 바다를 깔아놓은 상태였고, 이제 그 위에 바다 생물들을 풀어놓을 일만 남아 있었다.

생각해보건대, 그 당시 나는 자신감으로 충만해 있었다. 맘만 먹으면 공기도 화장시킬 수 있을 것만 같았다.● 공기에 하얗게, 하얗게 분을 바르는 일은 무척이나 즐거울 듯했다. 남들이 보잘것없이 여기는 것들, 이를테면 바람이나 하루 따위를 그리는 생활이 계속되었다. 말하자면 보이지 않는 것을 보이게 하는 것이 당시 내가 매달리고 있던 과업이었다. 내일을 그리는 것은 이 작업의 가장 핵심적인 부분이었다. 아직 오지 않은 것에 대해 묘사한다는 것. 이는 일종의 선언이라는 점에서 나로 하여금 막중한 책임감에 시달리게 만들었다.

나는 하얗게, 하얗게 머릿속을 초기화시키고 작업에 매진했다. 선원이었던 시절에 빠져들었던, 깊고 깊은 하얀 늪에 드디어 발을 집어넣을 때가 된 것이다. 나는 물속이면서도 빙판 위 같고, 바다면서도 구름이나 안

● 그 당시, 탕기는 〈공기의 화장〉(1938)이라는 작품 역시 그리고 있었다.

개 같은 공간을 창조해냈다. 내일의 생물들이 고개를 들고 하품을 하고 기지개를 켜며 어디론가 꾸물꾸물 움직이는 공간. 침묵하고 있으면 시간마저도 꿈쩍 않을 것 같은 아주 천천한 공간.

어느 날 나는 내 일을 완성하고, 자신 있게 내일을 펼쳐놓았다. 지렁이가 더이상 무지렁이가 아닌 세상이 도래할 것 같았다. 그렇게 되면 바람에 휩쓸려, 안개에 젖어 우리는 좀더 근사해질 수 있겠지. 더이상 숨어서 숨 쉬지 않아도 되겠지. 중력이나 마찰력 따위에 종속되지 않아도 되겠지. 눈을 감자 이 모든 것들이 새하얗게 까마득해졌다. 그리고 마침내 여기 어딘가에 뭔가가 존재한다는 뉘앙스만 남았다.

내가 바다 생물을 만들어내고 하얀 늪에 선뜻 발을 집어넣을 수 있었던 것은 순전히 내 겁 덕분이다. 달리 말하면, 내일이 찾아올 수 있었던 것은 내가 단 한 차례도 바닷속에 뛰어들지 않아서 가능했던 일이다.

1938년, part 2

이브였던 나는,

거의 언제나 호기심에 가득 차 있었다. 나는 매일매일 내일에 대해 생각했다. 내가 잠에서 깨어날 공간 말이다. 이브가 눈을 뜨는 상상은 언제

해도 근사하다. 내가 바로 이브가 아니던가!

1939년

내일이었던 나는,

기지개를 켜는 포즈로 잠이 깼다. 나는 사랑하던 여인을 동료에게 잃었고, 그것을 완강히 부정하고자 했다. 지금이 내일이라는 이유로 말이다. 나는 내일이었기 때문에 오늘의 감정에 충실하지 못했고 그 바람에 많은 것들을 떠나보내야 했다. 나는 내일이었기 때문에 후회하기엔 언제나 너무 빨랐고 계획을 세우기엔 언제나 너무 늦었다. 나는 하얀 늪에 몸을 숨긴 채 당분간 시간 밖으로 나오지 말아야겠다고 생각했다. 내일이 오늘에게 따라잡힐 때까지.

그래도 내일의 유일한 희망은 내일에게도 내일이 있다는 것! 하얀 포말이 내 가슴을 두근거리게 한다는 것. 그것을 쥐었을 때 전혀 예측하지 못했던 것으로 변화할 것이라는 것. 미래지향적인 단어들이 현재진행형이 된다는 것. 꿈을 실현하는 동시에 꿀 수도 있다는 것. 천천한 공간 속에 은밀한 숨결을 불어넣을 수 있다는 것. 그리고 이 모든 것들이 다름 아닌 바로 내 일이라는 것!

Yves Tanguy *1900-1955*

탕기는 고집스러운 사람이었다. 그는 자신만의 세계, 자신이 창조한 공간 속에 갇혀 있었다. 그 공간은 이 세계에 없는 공간, 그러나 어딘가에서 언젠가는 발견될 것만 같은 공간이었다. 탕기는 "다른 작가들과 예술의 이데올로기나 화법에 대해 의견을 주고받아서 얻을 것은 별로 없다"고 믿는 편이었다. 그는 자신의 세계로 더 깊게 진입하는 것만이 앞으로 나아가는 유일한 수단이라고 믿었다. 탕기는 그저 자신의 캔버스가 스스로 그림을 그려나갈 때까지 기다리는 편이었다. 그것은 남들이 거의 이해할 수 없는 세계였다. '내일'이 되면 사람들이 이해해줄까? 탕기는 자기 세계에 이미 너무 깊게 침투해 있었기 때문에 이런 질문조차 스스로에게 하지 않았다. 일전에 그는 다음과 같이 말했다. "그림이 눈앞에서 펼쳐지고, 그것이 진행되는 도중에 놀라움이 펼쳐진다. 이것이 내게 완전한 자유를 가져다주고, 이 때문에 나는 스케치하기 전에 계획을 짤 수가 없다." 그는 계획하지 않고 붓을 들었고 그 붓이 이끄는 세계로 순순히 붓을 놀렸다. 아무도 없는 공간에서 "홀로 작업하는 것은 그가 지키려고 했던" 유일한 자존심이었다.

–

Odilon Redon
Paul Klee
Vincent van Gogh
Franz Marc
Gustav Klimt

16

언제나 있는 이름,
동시에 어디에도 없는 이름

오딜롱 르동 〈베아트리체〉

Odilon Redon, *Beatrice*

1885

옐로는 운명. 그러나 정해지지 않은 운명. 거역할 수도, 거역하지 않을 수도 없는 운명. 저버릴 수도, 저버리지 않을 수도 없는 운명. 그러나 우리는 믿기로 합니다. 운명의 카드가 마침내 뒤집힐지도 모른다는 한 가닥 희망을. 노란 하트 에이스가 심장을 대체할 수 있을 때까지. 노란 클로버 에이스가 네잎 클로버를 대체할 수 있을 때까지. 노란 스페이드 에이스가 여왕을 대체할 수 있을 때까지. 노란 다이아몬드 에이스가 눈물을 대체할 수 있을 때까지. 그렇게 우리는 카드를 뒤집기 위해 트럼프를 섞고 항해의 닻을 내립니다.

» Yellow Nowhere «

베아트리체, 나는 묻고 싶다. 재산을 탕진하고 명예를 실추하고 벗들을 다 잃고 난 지금에 와서야 묻는다. 나는 미련하고 어리석었다. 나는 내가 끝까지 갈 줄은 상상하지 못했었다. 갑옷을 벗어던지고 칼을 부러뜨리고 투구를 땅에 묻은 뒤, 지금 여기에 섰다. 네 앞에 날것으로 서기 위해 이 먼 길을 걸어왔다. 어둠 속을 정처 없이 거닐다 새벽별이 반짝이면 그 위에 네 얼굴을 아로새겼다. 그것은 그 어떤 훈장보다도 값진 것이었다. 베아트리체, 문을 열어라. 베아트리체, 부디 얼굴을 보여다오. 너의 고혹적인 숨소리를 듣고 싶다. 너의 품에서 질식하고 싶다. 베아트리체, 그런데 너는 있는가? 있기는 한 건가?

언제 너를 처음 보았는지 기억나지 않는다. 내 주위에 있던 사람들도 모두 네가 언제 등장했다가 묘연히 사라졌는지 알지 못한다. 그러나 나는 너의 형상만은 똑똑히 기억한다. 너의 노란 광채는 프라이팬을 가득 메운 버터처럼 풍요로웠다. 문득 우수에 잠긴 너의 눈이 떠오른다. 너는 세상의 모든 고독을 집어삼킨 표정으로 나를 집어삼켰다. 나는 너의 눈을 바라보며 난생처음 호박琥珀이 박힌 보석을 사고 싶다는 생각을 했다. 너의 눈동

자는 호박湖泊처럼 신비롭게 솟아 있었다. 나는 너를 넝쿨째 갖고 싶었다. 네가 눈을 감았다 뜨는 순간, 나는 억겁의 시간을 견딘 광물이 빛을 발하고 있다는 걸 깨달았다. 나는 호수에 들어가 움푹 솟은 너의 땅에 발을 딛고 싶었다. 너의 넝쿨 하나하나에 키스하고 싶었다. 그렇게 나는 너를 사랑하게 되었다.

너를 쫓아온 세월을 다 합치면 나는 성을 쌓을 수도 있을 것이다. 그 성은 철옹성보다 견고하지만 네 손길이 닿으면 치즈로 만든 눈송이처럼 살살 녹아내릴 것이다. 네 앞에서 모든 것은 혀처럼 부드럽고 그 위에 안착한 버터처럼 달콤하다. 그럴 것이고, 또 응당 그래야만 한다. 네가 성을 무너뜨리면 나는 그 위에 배를 대고 너를 기다릴 것이다. 우리는 배를 타고 버터로 만든 강을 건너 북극에 도착할 것이다. 북극에서도 너는 여전히 빛날 것이다. 치즈볼 같은 빙하 조각을 집어 너는 그것을 단숨에 삼킬 것이다. 네 몸에서는 달콤한 냄새가 진동하고 나는 또다시 부상당한 맹수처럼 너의 품에 몸을 던질 것이다. 너의 품에서 나는 치즈 토핑처럼 사방으로 흩어질 것이다. 달구어진 팬 위의 버터처럼 힘없이 녹고 녹아 네 온몸을 휘감을 것이다. 그렇게 끝끝내 네 심장만은 움켜쥘 것이다.

베아트리체, 너는 대체 어디서 피어났는가. 너를 찾기 위해 나는 온갖 들판을 다 헤집고 다녔다. 그곳에는 너를 닮은 수백 가지의 노란 꽃이 피어 있었다. 나는 그 꽃들을 보며 너를 떠올렸다. 너는 선명해지다가도 어느 순간 아득해졌다. 노랑꽃칼라처럼, 원추리처럼, 개나리처럼, 양지꽃처럼, 애기괭이눈처럼, 노랑꽃창포처럼, 산수유처럼, 삼지구엽초처럼, 해바라기처럼, 호박꽃처럼, 꽃다지처럼, 벌노랑이처럼, 솜방망이처럼, 애기똥풀처럼, 달맞이꽃처럼, 해란초처럼, 미나리아재비처럼, 물양귀비처럼, 기린초처럼, 그것으로도 모자라 금매화처럼. 나는 그 어떤 꽃도 너보다 아름다울 수 없다는 걸 깨달았다. 그 어떤 꽃도 너만큼 빛나지 않는다는 걸 깨달았다. 베아트리체, 너는 어떤 들판에 피어 있는가. 너의 근원은 어디인가. 너는 여전히 피어나기 직전인가. 그래서 나는 언제나 몹시 두근거리는가. 노랗게, 놀하게 팽창하는가.

　　너는 분명히 있지만 아무 데에도 없었다. 너는 어디에도 속해 있지 않았다. 내게 남은 건 너에 대한 기억뿐이었다. 나는 그 기억을 더듬어 여기까지 찾아왔다. 나는 너의 눈을 사랑한다. 너의 코를, 너의 입을, 너의 팔다리를, 너의 가슴을, 너의 머리를, 너의 머리카락을, 너의 심장과 신장을, 너의 폐와 쓸개를, 노란 피가 흐르는 너의 혈관과 더 노란 림프액이 흐르는 너의 조직을, 너의 랑게르한스섬을, 너의 눈물샘과 코점막을, 거기서 분비되는 너의 눈물과 너의 콧물을 사랑한다. 너의 지문과 너의 장문을 사랑

●샤를 보들레르의 「베아트리체」에서 인용.

한다. 나는 너의 전부를 사랑한다. 나에게 너는 백 퍼센트 여인이다. 나는 너에게 전적으로 예속되어 있다. 너는 "기이한 시선을 가진 내 마음의 여왕"●이다. 나는 내 마음의 여왕인 너에게 목숨을 바칠 만반의 준비가 되어 있다.

베아트리체, 너는 언제나 있는 이름이었다. 너를 찾기 위해 지금껏 수많은 사람들이 일생을 바쳤다. 그러나 그들 중 아무도 너를 찾는 행운을 누리지 못했다. 그들 중 아무도 너의 사랑을 얻는 행복을 누리지 못했다. 너는 언제나 있는 이름이었지만, 동시에 어디에도 없는 이름이었다. 너의 이름은 전설인가. 너의 이름은 신화인가. 볼 수 있지만 결코 손으로 잡을 수 없는 노랑처럼, 너는 그렇게 사라지려는가. 그런 식으로 겨우 존재하려는가. 너는 식도로 흘러들어간 버터 한입이었는가, 공허한 치즈볼이었는가. 베아트리체여, 다시 묻는다. 너는 허구인가. 정녕 너는 거짓말인가. 너는 단 한 번도 펼쳐진 적이 없는 경전인가. 한 번도 쓰인 적이 없는 이야기인가. 나는 여기서 너를 포기해야 하는가.

그렇다면 이제 나는 너를 기록하련다. 네가 나오지 않는다면 내가 너에게 쳐들어가겠다. 나는 지금 아무것도 없다. 따라서 처음부터 시작하는 마음으로 너를 쓰련다. 너를 오롯이 기억하련다. 없는 너를 창조하겠다.

있는 너를 지우겠다. 베아트리체여, 나는 너무도 절망스러워서 더이상 무서울 것이 없다. 무덤의 문을 여는 덴마크 왕자처럼, 나는 최후의 일격을 맞이할 준비가 되어 있다. 그러니 어서 모습을 보여다오. 베아트리체여, 나의 여왕이여.

Odilon Redon *1840-1916*

르동에게 그림이란 단순히 보이는 것을 담아내는 그릇이 아니었다. 그는 자신의 그림이 한정적으로 해석되는 것을 결코 원치 않았다. 르동은 "나의 작품들은 아무것도 결정하지 않는다. 그것들은 음악이 그렇듯, 우리를 분명치 않은 모호한 세계 안에 배속한다. 그것들은 일종의 은유라고 할 수 있다"고 말했다. 요컨대 벌거벗은 여인을 그릴 때조차 예술가는 그다음을 내다보아야 한다는 게 그의 생각이었다. 이를테면, 르동은 "그녀가 (지금은 벌거벗은 상태지만) 곧바로 옷을 입을 것이라는 생각"을 관객에게 심어주어야 한다고 생각했다. 그는 아티스트로서의 사명감을 다지며, 이렇게 스스로에게 묻곤 했다. "예술가와 딜레탕트와의 차이점은 무엇인가? 고통은 오직 예술가만이 느낄 수 있다. 딜레탕트는 예술에서 즐거움만 찾으려 든다." 〈베아트리체〉역시 딱 보기에 그저 아름답기만 한 작품은 아니다. 그의 말마따나 "진정한 예술은 절실히 느껴지는 진실성 안에 놓여 있고" 베아트리체의 아름다움 뒤에는 모호한 슬픔이 자리하고 있기 때문이다.

17

너는 이상해

파울 클레 〈회전하는 집〉

Paul Klee, *Revolving House*

1921

너는 이상해. 이상하다고 말할래. 너는 정열적이지도 않고 자기표현에도 미숙한 편이잖아. 그런데 어떻게 가만히 있는데도 빛을 발하는 거니. 너 같은 부류는 다가가기가 어려워. 손을 뻗으면 이내 사라지는 햇살처럼 너는 눈부시지만 괴팍해. 잘못을 하지 않았는데도 날 괜히 쭈뼛거리게 만들잖아. 나의 불완전함을 일깨워주는 것만큼 불쾌한 경험은 없어. 그러면서도 나는 네게 자꾸만 손을 뻗는다. 나의 어두운 과거를 네가 덮어줄 것만 같아서, 어두운 과거에 저질렀던 실수들을 네가 이해해줄 것만 같아서. 겁도 많고 수줍음도 많고 질투도 많은 너. 왜 비틀즈가 잠수함을 탈 때 널 선택했는지 알 것 같다. 너만이 그들을 모험에 들게 할 수 있었던 거야. 그들의 말마따나 그들에겐 단지 너만이 필요했지. 그래서 그런지 나는 네 앞에서 자꾸만 부끄러워져. 내가 겉모습을 포장하느라 여념이 없는 동안, 너는 묵묵히 속으로 빛을 키우고 있었으니까. 어쩌면 진짜 겁쟁이는 나일지도 모르겠다. 나는 문득 초라해지고, 동시에 극도로 경건해진다. 너에게 도달할 때까지 얼마만큼의 시간이 걸릴까. 용기를 내서 고백할게. 빛나는 존재가 되고 싶어. 완전한 존재가 되고 싶어. 너는 또다시 그 표정을 짓는구나. 나는 그저 이상하다고 말할 테야. 아이같이 미소를 뿌리며 달아나는 저 놀라운 그림자들을 좀 봐!

» 너랑 나랑 노랑 «
그림자가 그림자에게

몇 개의 선들로 집을 만들고 몇 개의 점들로 표정을 만들어. 몇 개의 면들을 죽 늘어놓고 몇 개의 마음들로 어린아이를 만들어. 몇 개의 아침과 몇 개의 낚싯바늘로 희망을 건져올려. 자연스럽게 몇 개의 계획이 생겨날 거야. 몇 개의 계획 위에 몇 개의 그림자를 포개면 몇 개의 여유가 생겨날 거야. 그 위를 프라이팬이라고 상상하고 몇 개의 달걀을 깨뜨려. 몇 분의 침묵이 흐르는 동안, 몇 개의 근사한 문장을 떠올려봐. 이제 곧 몇 마리의 병아리가 긴 잠에서 깨어날 거야. 기쁨에 겨워 몇 마리의 닭들이 시원하게 울어젖힐 거야.

몇 개의 아침 중 하나가 떠오르면, 몇 개의 태양 중 하나를 바라보며 프라이팬을 거닐어. 몇 개의 선들이 집이 되고, 집들이 되고, 몇 개의 집들이 되는 동안, 너는 너에 대해 집중할 수 있게 되지. 네가 몇 개의 너로 분화하는 상상을 해봐. 아름다운 너, 추한 너, 건강한 너, 심약한 너, 밝은 너, 어두운 너, 밝으면서도 어두운 너, 노란 너, 네가 노랗다는 사실을 깨닫고 놀라는 너, 놀라는 바람에 더 노래지는 너. 하나의 너 속에도 무수히 많은 네가 존재한다는 사실이 놀랍지 않니? 모든 너들이 사랑스러워질 때까지 웃어봐. 네 웃음이 사방으로 뻗어나갈 때까지. 너는 지금 길을 만들고 있는 중이야. 너만의 길, 그러나 누구나 와서 발을 걸칠 수 있는 아무나의 길. 너의 분화는 이토록 뜨악하고 아름다워. 너는 분화를 통해 독특하고 유일해져. 네가 너만의 그림자가 되어, 다른 그림자들을 포개고 엇대고 확장시키는 거야. 이처럼 너는 이동하면서 다양해져. 어깨를 으쓱하거나 입술을 한쪽으로 추켜올려도 좋아. 몇 개의 표정, 몇 개의 포즈 역시 너의 세계를 더욱 풍요롭게 만들어주니까.

  너의 이름을 나직이 속삭여봐. 휘파람을 불어봐. 메아리를 쳐봐. 허밍으로 너를 표현해봐. 노래를 불러봐. 리듬에 맞춰 몸을 흔들어봐. 너의 이름을 각각의 음표에 대입해봐. 노랗게 웃어봐. 감노랗게 감동해봐. 병아리처럼 삐죽거려봐. 너에게 스스로 주문을 걸어봐. 네가 커가는 상상을 해봐. 네 그림자가 팽팽해지는 순간을 떠올려봐. 아무리 팽팽해져도 자꾸만 늘어나는 상황에 대해 묘사해봐. 머릿속에 네 옆집을 지어봐. 네 옆집에 사는 사람을 창조해봐. 네 옆집에 사는 사람이 나라고 생각해봐. 순간적으로 어떤 느낌이 들었니? 그 느낌에 대해 자세히 이야기해봐. 하나도 빼놓지 않고 너의 감정을 털어놔봐. 너는 내가 마음에 드니? 어떤 내가 되어야 네 이름에 가장 잘 어울릴 것 같니? 다시 너의 이름을 나직이 속삭여봐. 네 이름의 첫번째 자음과 마지막 모음을 합치면 무슨 글자가 되는지 파악해봐. 그게 바로 내 이름이야. 이제 너의 이름에 나의 이름을 포개봐. 너의 감정 위에 나의 감정을 겹쳐봐. 노란빛이 한꺼번에 너에게 쏟아졌다가 곧바로 네 몸에서 사방으로 퍼져나가는 게 느껴질 거야. 우리는 방금 조금 더 밝아지고 아름다워졌어.

이제 네 옆집 문을 열어봐. 우리 집 문 말이야. 너의 그림자가 밟히지 않도록 조심해. 너의 빛이 새나가지 않도록 조심해. 굳이 노크는 하지 않아도 돼. 문 앞에 내가 지키고 서 있을 테니까. 나는 엉겨 붙은 빛다발을 들고 너를 환하게 맞이할 거야. 우리는 이제 가닥들을 연결해서 하나의 커다란 집을 세울 거야. 한없이 너울거리면서도 뻗어나가기를 결코 그만두지 않는 집을. 커스터드처럼 네 입으로 미끄러져 들어갔다가, 바나나 껍질처럼 네 내장들을 유유히 통과한 다음, 머스터드처럼 네 항문에서 뚝뚝 떨어질 집을. 노란빛들이 성시成市를 이룰 때까지, 동체가 될 때까지, 통째가 될 때까지, 그렇게 하나의 완벽한 하모니를 이룰 때까지 결코 멈추지 않을 거야.

어서 내 빛다발을 받으렴. 입을 열고, 문을 열고, 창문을 열고, 마음의 창문도 열고. 사람들의 기관은 서로 연결되어 있다는 것을 증명이라도 하듯, 뚫린 곳마다 빛다발을 흘려보내봐. 우리는 이렇게 서로 통과하고 서로 협동하듯 성장해. 우리는 서로 겹치고 서로 사랑하듯 생장해. 거짓말이 아니라니까. 십자 인대가 늘어나듯, 모든 것들이 늘어나고 있잖니. 베이킹 파우더를 잔뜩 뿌린 밀가루 반죽처럼, 모든 것들이 부풀어오르고 있잖니. 노란 흙(土), 노란 십자가(十), 노란 전봇대(丨), 노란 안테나(丰), 노란 사다리(目). 우리가 보고 느끼는 온갖 뿌리들이 자라나는 소리가 들리지 않니? 이제 노란 발판들 중 하나를 고르자. 그 위에 서서 서로 마주 바라보자. 노란 이불을 덮고 있던 병아리가 갑자기 고개를 내밀듯, 천진하게 웃자. 느껴지니? 네 눈에 방금 노란 눈물이 맺혔어.

우리는 몇 개의 선에서 노랑을 짜내고 몇 개의 점에서 놀라움을 발견했어. 그것들이 꽃처럼 활짝 피어나고, 나비처럼 날개를 펴고, 사방으로 손을 벌려 그물을 짜고, 우리는 그런 식으로 점차 그럴싸해졌지. 몇 개의 선이 점점 늘어나고 몇 개의 점이 선선히 제 몸뚱이를 살찌웠지. 그러곤 몇 개의 면이 되어 우리 앞에 면면이 펼쳐졌지. 보란 듯이, 노란 듯이 말이야. 그러므로 너는 이상해. 나는 이상해. 우리는 이상해. 노랗게, 놀랍게 이상해. 프라이팬에 떨어뜨린 계란 노른자에서 병아리가 피어나는 것처럼, 바나나 껍질을 뚫고 앨버트로스의 부리가 불쑥 솟아나는 것처럼 이상해. 내가 이상하다고 말할 때조차 네 몸은, 아니, 우리의 몸은 아직도 죽죽 늘어나고 있잖아. 이것 봐, 너와 내가 손을 맞잡으니 3차원의 공간에

2차원의 날개가 펼쳐졌잖아. 우리는 이제 위뿐만 아니라 옆으로도 날 수 있게 됐어. 앞으로도 이렇게 너를 사랑해봐. 너 자신조차 이상하게 생각될 정도로, 사정없이!

Paul Klee *1879-1940*

클레는 아이 같은 마음으로 평생을 자유로이 살고 싶었다. 그는 "그림이란 단순히 말해서 선들이 산책하는 것"이라고 말할 정도였다. 그 선들 역시 점들의 산책이 만들어낸 것임은 자명했다. "한쪽 눈으로 보고, 다른 쪽 눈으로 느끼는 것." 클레는 이처럼 그림과 자신이 한 점에 모이는 순간을 체험하곤 했다. 그 체험의 절정에는 언제나 색채가 존재했다. "색채는 나를 소유한다. 따라서 내가 그것을 굳이 추구하지 않아도 된다. 색채가 언제나 나를 소유하고 있고, 나는 그 사실을 안다. 색채와 내가 하나라는 사실은 나에게 행복한 시간을 가져다준다. 나는 화가다." 그는 종종 색채와 함께 그림 속에 파묻히는 상상에 사로잡혔다. 〈회전하는 집〉을 그릴 때도 이는 마찬가지였다. 그는 자신이 바라보는 것에 만족하지 않고, "앞으로 보일 것"에 대해 곰곰이 생각해보았다. 집이 창문을 열어젖히고 지붕을 활주로 삼아 비행 준비를 하기 시작했다. 이내 〈회전하는 집〉은 노란 소용돌이를 일으키며 하늘로 부릉부릉 날아올랐다. 꼬마자동차 붕붕처럼, 그가 평생을 구축해온 자신만의 스타일처럼.

18

이글거리는 밀밭

빈센트 반 고흐 〈수확하는 사람〉

Vincent van Gogh, *The Reaper*

1889

나는 평생 동안 노란색에 철저히 길들여졌습니다. 나는 늙었고^{yellow}, 여전히 겁이 많습니다^{yellow}. 나는 이제 밀밭을 그릴 것입니다. 씨를 뿌리고 자연의 순리에 맞게 그것을 거둘 겁니다. 그리고 하늘에 대고 낮은^{low} 목소리로 외칠^{yell} 겁니다. 이 세상은 너무 밝다고!

» 연노란 빛, 감노란 영혼 «

이곳은 너무 밝다. 내가 감당하기 힘들 정도의 밝음이다. 사람은 너무 어두운 곳에 있어도 미치지만, 너무 밝은 곳에 있으면 더 미친다. 미치광이가 격하게 분노하는 타입 아니면 언제나 싱글벙글 웃는 타입으로 나뉘는 것도 비슷한 이치다. 그러나 병실 침대에 누워 밖을 바라보면 그나마 좀 살 것 같은 느낌이 든다. 어쨌든 저곳에서는 무슨 일이 벌어질 낌새라도 보이니 말이다. 밀밭을 흔드는 바람은 도무지 그칠 줄을 모른다. 종일 그 광경을 바라보며 나는 어떤 식으로도 결코 충족될 수 없을 것 같은 무한한 갈증을 느낀다.

생 레미Saint Remy 요양원에는 빛이 넘치지만, 그 빛을 감당할 수 있는 사람은 거의 없는 것 같다. 누렇게 뜬 얼굴을 빼고는 이 밝음에 조응하는 게 아무것도 없다. 나를 포함한 이곳 사람들은 달그락거리며 걸어가다가 갑자기 발작을 일으킨다. 태양을 마주 선 채로 바닥에 픽 쓰러지는 것이다. 이 때문에 나는 땅바닥에 누웠을 때 빛이 사방으로 퍼지는 것을 가장 잘 볼 수 있다는 사실을 알았다. 그렇다고 우리가 도스토옙스키 행세를 하려는 것은 아니다.● 우리가 몸을 비틀며 바닥에서 경련을 일으키는 꼴은

●도스토옙스키 역시 생전에 신경 질환으로 무척이나 고생했다. 반 고흐는 그 사실을 신문 기사를 통해 이미 알고 있었다.

추하기 이를 데 없다. 그러나 한 가지 신기한 점은 우리는 그러면서 오히려 살아 있음을 느낀다는 것이다.

언제부턴가 내 눈에는 노란 것만 보인다. 조금 과장된 측면이 있긴 하지만, 마치 내 눈앞에는 반투명한 노란색 셀로판지가 씌워져 있는 것 같다. 나는 그 셀로판지를 통해 세상을 보고 있는 셈이다. 맨 처음 반투명한 노란색 셀로판지를 통해 세상을 보았을 때 그것은 마치 운명처럼(세상에 만약 그러한 것이 있다면) 내 눈을 사로잡았다. 나를 쾌치고 끊임없이 의심하게 만들었다. 나는 몇 번이고 눈을 감았다 뜨고 손등으로 그것을 비벼대기도 했지만 아무런 소용이 없었다. 하늘은 노랬고, 태양은 더 노랬고, 밀밭은 아주 노랬다. 마치 노란 비가 한바탕 퍼부은 직후의 세상처럼 모든 것들은 노랗게, 촉촉하게 젖어 있었다.

그때부터 본격적으로 아프기 시작했던 것 같다. 생각해보건대, 나는 태어난 이후로 언제나 아팠다. 단 한 번도 쌩쌩한 몸으로 하루를 온전히 났던 적이 없었다. 그러나 나는 사람들이 다 나 같은 줄 알았다. 그래서 나도 병을 참고, 아픔을 억누르고, 고독을 잘근잘근 씹었다. 그게 당연한 줄 알았다. 하늘을 쳐다보면 현기증이 났다. 햇살은 따뜻했지만 왠지 천성적으로 내 몸과 섞일 수 없을 것 같다는 생각이 들었다. 그 이물감은 밀밭에서도 계속되었다. 나는 밀밭에서 숨 쉬는 걸 무엇보다 좋아했지만 내 몸이 그 속으로 들어간다는 것은 감히 상상할 수조차 없었다. 뭐랄까, 그 상황이 마치 용암 속에 몸을 던지는 형국처럼 느껴졌던 것이다. 나는 그저 소인배처럼 길가에 앉아 자꾸 눈만 비볐다. 아무리 비벼대도 떨어지지 않는 셀로판지가 원망스러웠다. 햇살처럼 쏟아지고 밀처럼 나부끼고 싶었다. 여름이었다.

나는 병실에 누워 사랑하는 동생 테오에게 편지를 쓴다. 아픈 사람들은 편지를 한 번에 다 끝맺지 못한다. 구절마다 생生의 아쉬움을 담으려면 몇 날 며칠도 모자란다. 게다가 병든 자들은 매분 매초를 기록하고 싶어 한다. 마치 세 시간에 한 번씩 주사를 맞듯, 여섯 시간에 한 번씩 밥을 먹듯, 스물네 시간에 한 번씩 일기를 쓰듯, 우리는 편지를 쓰는 것이다. 그제는 어제와 다르고 어제는 오늘과 다르다. 아픈 나는 그것을 몸으로 안다. 질 나쁜 노란 종이는 더욱 누레지고 나는 싯누런 이를 드러내며 힘없이 웃는다. 입안에서 가래가 끓는다. 나는 혀끝에 펜촉을 갖다댄다. 잉크 맛이 쓰다.

그림은 아주 잘 진행되고 있다. 요즘은 아프기 며칠 전에 시작한 그림 〈수확하는 사람〉을 완성하느라 전력을 다하고 있다. 전체적으로 노란색을 띠는 이

●반 고흐는 〈씨 뿌리는 사람〉을 1888년에 그렸다.
●●『반 고흐, 영혼의 편지』, 신성림 편역, 예담, 2005.

그림은 아주 두껍게 칠했는데, 소재는 아름답고 단순하다. 수확하느라 뙤약볕에서 온 힘을 다해 일하고 있는 흐릿한 인물에서 나는 죽음의 이미지를 발견한다. 그건 그가 베어들이고 있는 밀이 바로 인류인지도 모른다는 의미에서다. 그러므로 전에 그렸던 〈씨 뿌리는 사람〉●과는 반대되는 그림이라 해야 할 것이다. 그러나 이 죽음 속에 슬픔은 없다. 태양이 모든 것을 순수한 황금빛으로 물들이는 환한 대낮에 발생한 죽음이기 때문이다." °1889년, 테오에게 보낸 편지 중에서●●

밀밭을 바라보며 밀로 만든 빵, 밀로 만든 죽을 먹고 싶다. 식사를 마치고 나면 밀밭을 한 단계 더 두껍게 칠할 것이다. 나는 경건하게 기도를 하고 또다시 창밖을 내다본다. 바람이 흔들리고 밀들이 춤을 추기 시작한다. 노란 물길이 나고 노란 소용돌이가 치고 노란 폭풍이 분다. 사방이 온통 노란 것투성이다. 나는 이 밝음을 견디기 힘들지만 커튼을 내리지는 않는다. 나는 아직 내 생의 막을 내릴 준비가 되어 있지 않다. 가슴에 노란 물길이 나고 노란 소용돌이가 치고 노란 폭풍이 분다. 식사가 날라져 왔지만 그다지 기쁘지 않다. 나는 직감적으로 안다. 조만간 또다시 발작의 생활이 시작될 것이다.

날씨가 더 더워졌다. 가만히 앉아만 있어도 땀이 난다. 처음에는 몸이 아파서 땀이 나는 줄 알았다. 그래서 간호사가 올 시간에 맞춰 온몸에 흥건히 밴 땀을 닦곤 했다. 마치 아무렇지도 않다는 것을 증명하기라도 하듯 말이다. 나는 매일 빛과 교신하는 꿈을 꾼다. 가닿지 못하는 곳에 발을 딛는 꿈은 언제나 불투명하다. 그러나 비단 나만 아픈 것이 아니다. 밀밭 또한 열병에 걸린 듯 밤낮으로 신음하고 있다. 며칠 전부터 밀들이 서로 우거지기 시작했다. 그것들은 얽히고설키기를 주저하지 않는다. 가만히 바라보고 있으면 밀밭 위에서 신열이 모락모락 피어오르는 것 같다. 밀들이 똬리를 틀고, 구름처럼 부풀어오르고, 모닥불처럼 타올랐다가 끝판에 가서는 제 몸을 끊임없이 자해한다. 그것들은 곧 농부의 손에 의해 베일 것이다. 농부의 손에 들린 낫이 나는 사신의 그것처럼 보인다. 땀이 비 오듯 흐르고 노란 가래가 입안에 들끓는다. 내 몸이 비명을 지른다. 나는 지금 멀쩡하지 않다.

그러나 또다시 나는 붓을 집어든다. 아직까지는 마음속에 타오르는 불과 영혼을 가지고 있다. 빚을 갚지 못할 경우에 내가 지불하기로 약속한 것들이다. 이런 상황에서라면 차라리 밀밭으로 뛰어드는 게 행복할지도 모른다. 그러나 나는 행복을 위해 여기까지 달려온 것이 아니다. 행복은 주어진 삶에 손쉽게 항복하는 것과 다를 바 없으니 말이다. 그것은 빛처럼 찾아왔다가도 금세 사라지고, 열병처럼 사람을 달뜨게 했다가 어느새 차갑게 식어버린다. 그럴 바에야 눈앞에 훤히 보이는 밀밭에 의지하는 게 훨씬 낫다. 생각을 아끼고 말을 아낀다. 오로지 밀밭과 캔버스만 바라보기로 한다. 햇볕이 뜨겁고 따갑다.

밀들이 범람하는 것 같다. 당장이라도 용암처럼 흘러갈 것만 같다. 온 세상을 이글이글 타오르게 만들 것만 같다. 동생에게 쓴 편지를 노랗게 적실 것만 같다. 이 생각마저도 순식간에 다 녹여 없앨 것만 같다. 나는 두려워서 붓을 더 누인다. 좀 낫다. 밀들이 농부의 손에 의해 거두어지고 있다. 농부는 낫을 들고 그것들을 힘차게 내리친다. 낫 끝이 햇빛에 부딪칠 때 쨍그랑 하는 소리가 들렸다. 눈앞이 아찔하다. 눈을 감았다 떴을 뿐인데 또 몇 구의 시체가 실려 가고 있다. 농부는 시체들을 몇십 명씩 꽁꽁 묶어 밀밭 옆에 일렬로 세워둔다. 바람이 불어오면 시체들이 서로 몸을 부딪치며 내밀하고 농밀한 장송곡을 부른다. 귀가 가렵다.

나는 잠깐 눈을 감고 농부가 나를 떠메고 가는 꿈을 꾼다. 그나마 내 몸이 점점 가벼워지고 있어 다행이다. 나는 밀밭 옆에 선 채로 바삭바삭 마를 것이다. 나는 밀밭 위에 산 채로 파삭파삭 바스라질 것이다. 한 다발의 햇빛이 내 몸 위로 쏟아진다. 이상하게 하나도 아프지 않다. 나는 원래 밝은 곳에서 왔는지도 모른다. 너무도 꼿꼿이 서 있어서 그런지 발작을 일으킬 것 같지도 않다. 지금 나는 환한 대낮이다. 한 단의 밀이다. 마음이다. 마음속에 간직한 불과 영혼이다. 나는 이글거린다. 그리하여 이글거리는 밀밭이 된다. 뿌리째 활활 타오른다.

테오야, 너에게 밀짚으로 손수 만든 모자를 선물하고 싶었는데. 저 멀리 간호사가 주사기를 들고 다가오는 모습이 보인다. 하늘이 샛노랗다.

Vincent van Gogh *1853-1890*

반 고흐는 하찮은 것들에까지도 눈을 기울였다. 그는 "위대한 것은 일련의 작은 것들로 이루어진다"고 믿었다. 가령, 밤하늘을 아름답게 만들어주는 것은 하늘 그 자체라기보다는 무수히 떠다니며 빛을 쏘아대는 별들이라는 것이다. 그가 어려운 시기에 처했을 때도 캔버스를 지키며 믿었던 가치들 중 하나는 "그림에는 예술가의 영혼에서 끌어낼 수 있는 고유의 삶이 있다"는 것이었다. 〈수확하는 사람〉에 펼쳐진 '적어도' 세 가지의 삶은 이를 잘 보여준다. 농부의 삶, 곡물의 삶, 그리고 예술가의 삶. 그는 "옐로와 오렌지가 없는 블루는 존재하지 않는다"고 믿고 농경지를 펼쳐 그것을 수확하기 시작했다. 그가 풀을 그리면 그릴수록, 그 풀들이 익어 고개를 숙이면 숙일수록, 그는 옐로와 오렌지 속에서 "살아 있음을 느꼈다." 반 고흐는 자신이 어디에 당도할지 알 수 없는 지경에 빠져 〈수확하는 사람〉을 완성하였다. "감정들은 때때로 너무 강해서 나는 그것들을 알아채지도 못하고 일을 한다. 붓놀림은 연설처럼 이루어진다." 그리고 어느 순간부터 그의 연설을 듣고 난 사람들이 고개를 들지 못하게 되었다.

19

옐로 인 모션

프란츠 마르크 〈노란 소〉

Franz Marc, *The Yellow Cow*

1911

'몽기르 피우라'라 불리는 옐로가 있습니다. 흔히 인디언 옐로Indian Yellow로 알려져 있는 몽기르 피우라는 인도 소들의 오줌을 원료로 만들어지지요. 놀라운 점은 그 원료가 다름 아닌 병든 소의 오줌에서만 추출된다는 사실이에요. 몽기르 피우라를 만들기 위해 인간들은 일부러 소들을 병들게 했어요. 소들에게 치명적인 망고 잎을 먹이고 그것들이 질병에 시달려 시름시름 앓기를 기다렸지요. 그게 그들의 대단한 전략이었습니다. 참을성 없는 인간들은 더 많은 망고 잎을 소들의 아가리에 쑤셔넣었어요. 다 화가들을 위해서라고 했지요. 그게 그들의 알량한 변명이었어요. 그 때문일까요. 몽기르 피우라는 감히 상상조차 할 수 없을 만큼 지독한 냄새를 풍겨요. 그것은 물과 알코올에도 부분적으로만 용해되지요. 그래서 옐로는 도살장에 끌려가는 소의 눈물처럼, 두 번 다시 찾아오지 않을 기회처럼, 어디에도 제대로 속하지 못하는 몽기르 피우라처럼, 절박하게 잔인하고 눈물겹게 역겹고……

» 커다란 노랑 덩어리 «

나는 인간. 포식자의 위치에 해당하는 동물이다. 그렇다고 나는 나 자신을 동물이라고 인식하지는 않는다. 이는 비단 나뿐만이 아니다. 우리 모두가 그렇다. 우리는 우리가 그저 인간이면 족하다고 생각한다. 그 이상을 꿈꾸지도 않고 그 이하로 떨어지고 싶어하지도 않는다. 우리는 동물과 다르다. 그런 증거들은 이미 충분하게 있지 않은가? 이를테면, 인간은 고도의 사고를 하고 물과 불을 자유자재로 이용하며 물건도 사고팔 수 있으니까.

그런 우리에게 인간은 동물의 부분집합이라고 말해준다면 우리 중 몇몇은 홧김에 주먹을 들어올릴지도 모른다. 왜냐하면 우리는 포식자이기 때문이다. 우리는 맘만 먹으면 동물을 잡을 수 있다. 응당 그것들을 잡아도 된다고 생각한다. 동물들도 동물을 잡는데, 인간이 동물을 잡는 건 일도 아니지 않은가. 우리는 이미 도덕가나 내부 고발자에 대응하기 위한 몇 가지 술책도 마련해두었다. 이를테면 이런 식이다. 만약 인간이 동물을 같이 잡는다면 그것은 '협동'이 되고 잡은 동물을 같이 나눠 먹으면 그건 '사회적 식사'가 된다.

●앙리 루소는 프란츠 마르크가 〈노란 소〉를 그리기 바로 1년 전, 〈꿈The Dream〉이라는 작품을 완성했다.

알다시피 우리는 먹이사슬의 맨 꼭대기에 위치해 있다. 이 말은 우리가 거리낄 게 없다는 말이다. 그래서 우리는 죄책감 없이 동물들을 사육하고 도축한다. 동물들의 피를 뽑고 고기를 구워 한 끼의 저녁을 배불리 먹는다. 인간은 희생하는 것보다 희생시키는 것에 능숙하다. 방금 우리가 동물과 다른 한 가지 증거가 추가되었다. 인간은 잔인하다는 것. 비인간적이라는 것. 인간이 인간의 탈을 쓸 수도 있다는 것. 그게 너무나도 잘 어울린다는 것.

여기까지 생각이 미치자 나는 우리가 쳐놓은 우리에서 벗어나야겠다는 생각이 퍼뜩 들었다. 그러나 사회라는 우리는 너무나 광대하고 견고해서 쉽사리 빠져나갈 수가 없었다. 포식자들은 한번 잡은 기득권을 쉬 내주려고 하지 않는다. 나는 어디로 가야 할까? 대부분의 동물들은 이미 인간의 손아귀에 있다. 나는 거의 없거나 아예 없는 동물들을 찾으러 가야 한다. 그 동물들을 위한 공간을 창조해야 한다. 가령, 우리가 감히 발 들일 수 없는 우리. 유토피아라는 말처럼 어느 곳에도 없는 장소.

1년 전에 앙리 루소가 원시림을 열었다고 했는데, 어쩌면 나는 그곳을 찾아가야 할지도 모른다.[●] 그곳에는 벌써 수많은 동물들이 살고 있다고 들었다. 물론 나는 루소의 공간이 꿈에서나 가능하다는 것을 안다. 그러나 꿈은 내가 도피할 최후의 보루다. 그 전에 나는 되는대로 나의 우리를 꾸려야 한다. 거의 없는 동물들이 아예 없어지기 전에. 아예 없는 동물들을 내가 다 잊어버리기 전에.

나는 동물들을 하나하나 떠올려본다. 토끼, 호랑이, 수탉, 코뿔소, 하마, 긴팔원숭이, 영양, 사막여우, 늑대, 캥거루, 스컹크, 도롱뇽, 판다, 얼룩말, 아르마딜로, 나무늘보, 오리너구리, 목도리도마뱀…… 동물들은 하나같이 재색 혹은 갈색, 검은색 혹은 흰색. 나는 동물들에게 다른 옷을 입히기로 마음먹는다. 노랑은 어떨까? 노란 동물은 별로 본 적이 없으니까. 그래, 노란 동물을 그려야겠어. 당장이라도 팽창할 것만 같은 샛노란 동물을 그리자.

노란색은 입때껏 작은 동물들의 몫이었다. 카나리아나 병아리가 좋은 예이다. 기린은 노랗다고 하기엔 너무 많은 얼룩을 가지고 있다. 오리는 작을뿐더러 부리에 모든 옐로가 몰려 있다. 통째로 옐로인 동물, 그러니까 덩어리진 옐로, 하나의 큼지막한 옐로, 홀로 전체집합인 옐로가 필요해. 무슨 동물을 그릴까? 소가 좋겠다. 소는 인간에게 가장 충성하는 동물. 평생 동안 인간을 위해 일하는 동물. 나는 내 그림 속에서 소를 부각시키기로 결심한다.

병든 소의 오줌으로 옐로를 만든 사람들이 있었다. 그 옐로는 그 어떤 염료도 흉내 낼 수 없는 치명적인 아름다움을 지니고 있다고 했다. 독한 인간들은 소에게서 옐로를 뽑아냈지만, 나는 사죄하는 마음으로 예전에 잃었던 그 옐로를 소에게 되돌려주기로 한다. 노란 소, 그런 소를 그리겠다. 내가 가진 모든 옐로를 퍼붓고 배때기에는 그럴싸한 몽고반점을 그려 넣어주겠다. 그러면 옐로는 반쯤 잠긴 눈을 번쩍 뜰 것이다. 순식간에 자라서 바위를 뛰어넘는 법을 배우고 길바닥에서 하루 종일 매대기 치다가 고개를 들어 하늘을 올려다보는 법도 배울 것이다.

　　탱탱한 옐로, 탄력적인 옐로, 역동적인 옐로, 저돌적인 옐로, 신나는 옐로, 총기 넘치는 옐로, 튼튼한 옐로, 윤택이 흐르는 옐로, 격정이 흘러넘치는 옐로, 금방이라도 숲을 쩌렁쩌렁 울릴 것 같은 옐로. 이 옐로는 결코 먹을 수 없는 고깃덩어리, 절대 잡히지 않는 피조물. 옐로는 인간들과 멀리 떨어진 채로 살아갈 것이다. 인간이 쳐놓은 우리 근처에는 절대로 가지 않을 것이다. 눈도 마주치지 않을 것이다. 어떠한 위험이 닥쳐도 살아남을 것이다. 겁에 질려 오줌을 지리는 일도 없을 것이다. 병드는 일도, 도축되는 일도, 새벽같이 끌려 나가서 낑낑대며 논밭을 가는 일도 없을 것이다. 옐로는 자유로운 영혼, 자신을 위해서만 눈물을 흘릴 것이다.

나, 프란츠 마르크는, 바이마르공화국의 5마르크짜리 동전처럼 빛바랬지만 이 숲에서 날뛰고 있는 이 소를 보라. 이 소는, 지금 휘황찬란하게 빛나고 있다. 이 소는, 지금 빛의 속도로 달리고 있다. 노란 소여, 어디로 달려가는가? 옐로여, 어디를 향해 쏜살같이 돌진하는가? 옐로여, 너의 종착지는 어디인가? 노란 소여, 어딜 가더라도 건강하기를. 행여 인간의 그림자와도 조우하지 말기를. 부디 그 누구의 눈치도 보지 말고 사방팔방 시원한 오줌을 갈겨대기를.

Franz Marc *1880-1916*

마르크는 "미술이 오직 꿈의 표현"이라고 믿었다. 마르크 말대로라면, "우리가 꿈에 항복하면 할수록, 우리는 사물의 진실에 한 발짝 더 가까이 다가갈 수 있었다." 나아가 그는 "자연 내부의, 영적인 것을 찾아서 그려야 한다"고 주장하며 "오늘날 괴상하게 보이는 것이 앞날엔 자연스럽게 표현될 것"임을 역설하였다. 그러나 사람들은 그의 말을 쉬 들어주지 않았다. 실망한 마르크는 다음과 같이 응수했다. "나는 일찌감치 사람들이 추하다는 것을 알았다. 내게는 동물들이 더 아름다워 보인다." 그리고 그는 주로 원색을 이용해서 동물들을 그리기 시작했다. 〈노란 소〉도 비슷한 시기에 그려졌다. 그에게 "옐로는 음의 기운을 띤 색채고(양의 기운을 띤 색채는 바로 블루다) 온화한데다가 쾌활하며 관능적인 성질을 지닌" 것이었다. 그는 레드(마르크에게 레드는 잔인하고 무거운 색채다)를 짓밟는 옐로를 캔버스에 풀어놓았다. 사람들의 조야함이 조금이나마 부드러워질 걸 기대하면서, 마르크에 의해 생명을 얻은 소는 힘차게 날뛰고 또 날뛰었다.

2인 1색, 2인 3각

구스타프 클림트 〈키스〉
Gustav Klimt, *The Kiss*
1907–1908

옐로는 천천히slow 흘러요flow. 때문에 옐로의 세계에서는 당신에게 가닿기까지, 당신과 피상적인shallow 관계를 청산하기까지, 마침내 당신의 애인fellow이 되기까지 오랜 시간이 걸려요. 옐로의 세계에서 사랑을 구하다 사람들은 곧 공허해지고hollow 찢어진 나비 날개처럼 바람에 흩날리다가blow 좌절하기도 해요. 그러나 인내를 발휘한 자들은 찢어진 날개를 따라follow 허공을 헤치고 소용돌이billow를 넘어 앞으로 나아간답니다plow. 당신과 한 베개pillow에 누워 달콤한mellow

말을 나누는 상상을 하면 몸이 달아올라glow 침을 삼
킬swallow 수밖에 없어요. 그리하여 마침내 버드나무
willow 가지에 걸린 상처 입은 당신you을 붙잡는 순간,
비로소 그 자신만의 옐로Yellow가 태어나지요. 당신은
방금, 기억에서 지워버렸던 알파벳 Y를 다시 발견한
거예요.

남자의 경우

우리가 그날 서 있었는지 누워 있었는지는 알 수 없습니다. 그날 밤은 너무 길었고, 우리는 그저 시간의 흐름에 몸을 맡긴 채 사랑을 속삭였습니다. 밀어蜜語는 도무지 끝날 줄을 몰랐습니다. 우리는 막 사랑하기 시작했고, 밤이 지나 아침이 찾아오면 그땐 그 감정이 사라져버릴 것 같았습니다. 말도 필요 없었습니다. 표정도 사치였습니다. 그렇게 우리라는 존재와 순간만이 남았습니다. 우리는 서 있을 수도, 누울 수도 있었습니다. 맘만 먹으면 한쪽으로 기운 채 사선으로 쓰러질 수도 있었습니다. 그러나 그날 밤은 너무 길었고, 우리의 사랑은 그보다 더 길었습니다. 우리는 경도와 위도를 거스르며 무중력의 세계에 가만히 발을 담갔습니다.

노란 도포道袍로 그녀를 감싸 안던 순간이 떠오릅니다. 내 도포는 사막처럼 끝이 없었습니다. 그러나 나는 세계를 뒤덮는 대신 그녀를 휘감는 것을 택했습니다. 그녀를 내 품에 안고 싶었습니다. 그녀를 내 영역에 끌어들이고 싶었습니다. 다행히도 그녀는 순순히 내 도포 속으로 들어와주 있습니다. 그녀가 신기루처럼 내가 펼친 사막에 발자국을 찍기 시작했습니다. 그 발자국에서 사향내가 났습니다. 아무리 노력해도 구역질이 그치질 않았습니다. 더럽게 행복했습니다.

우리는 눈을 마주치고 서로를 빤히 바라보았습니다. 그 무엇보다 나는 그녀를 간절히 원했습니다. 그녀도 나를 거부하지 않았습니다. 그녀의 육체에서 강한 인력이 느껴졌습니다. 세계의 중심이 그녀의 척추 어디께 있는 것 같았습니다. 우리는 서로의 최면에 걸려 한동안 눈을 껌벅였습니다. 타드락타드락 스파크가 일기 시작했습니다. 노란 연기가 피어오르고 있었습니다. 일대에 팽팽한 긴장이 감돌았지만 누구도 먼저 입을 열지 않았습니다. 우리는 그런 식으로 짜릿짜릿하게 방전되고 있었습니다.

정신을 차리고 보니 사방팔방에 별들이 쏟아지고 있었습니다. 가끔 그 별들끼리 부딪쳐 작은 폭발이 이루어지기도 했습니다. 별에서 떨어져 나온 파편이 반딧불이 되어 우리 주위를 떠다녔습니다. 우리의 불꽃놀이는 끝날 줄을 몰랐습니다. 우리의 사랑은 식을 줄을 몰랐습니다. 이 밤이 언제 끝날지 아무도 알 수 없었습니다.

우리를 감싼 도포가 광염을 뿜기 시작했습니다. 금방이라도 한 줌의

재가 되어 쏟아질 것만 같았습니다. 그렇게 우리는 혜일로처럼 강하게 발하고 있었습니다. 눈이 어릿어릿해지고 코가 맹맹했습니다. 그녀를 내 쪽으로 더 가까이 끌어당겼습니다. 사막에 먼지가 풀풀 날리고 있었습니다. 눈을 뜰 수가 없었습니다. 숨을 쉴 수가 없었습니다. 반딧불이 우리를 에워싸기 시작했습니다. 우리의 몸이 어룽지고 있었습니다.

그녀가 무릎을 꿇었습니다. 그녀가 발을 바깥쪽으로 오므렸습니다. 그녀가 눈을 감았습니다. 그녀의 볼에 뜨거운 입김을 불어넣었습니다. 그녀의 부드러운 볼에 키스했습니다. 그녀의 촉촉하고 부드러운 볼에 나의 입술로 인사했습니다. 그녀의 탱탱하고 촉촉하고 부드러운 볼에 오늘의 소인消印을 찍었습니다. 나의 입술이 촉촉이 젖기 시작했습니다. 사막에 회오리가 치기 시작했습니다. 입술을 떼고 서로를 지그시 바라보았습니다. 입술에 손가락을 가져다대니 손끝에서 사향내가 지독히 풍겼습니다. 온몸이 미묘하게 떨리고 있었습니다. 태풍의 눈처럼 고요했지만 언제 터질지 알 수 없었습니다.

여자의 경우

우리는 그날 서 있었어요. 똑똑히 기억해요. 집에 혼자 있는데 당신이 난데없이 꽃밭을 끌고 들어왔잖아요. 순식간에 방 안 가득 노란 융단이 펼쳐졌지요. 따라 들어온 벌들이 윙윙거리며 허공을 맴돌고 있었지요. 꿀 냄새가 방 안에 진동할 즈음, 당신이 내게 사랑을 고백했어요. 드디어 올 때가 온 것이죠. 나는 멀뚱히 서서 두 눈만 깜박였어요. 당신이 나를 와락 껴안았죠. 숨이 막힐 것 같았어요. 벌들이 꿀을 흘리며 사방에 날아다녔어요. 혹시나 쏘일까 걱정되어 당신의 도포에 더욱 깊숙이 파고들었지요.

벌들이 더 큰 소리로 울어대기 시작했어요. 겁에 질려 어쩔 줄 몰라 허둥대는데, 당신이 나를 고옥 안아줬어요. 당신의 품이 퍽 근사하게 느껴졌어요. 오늘 하루만큼은 당신에게 의지해도 되겠다는 생각이 들었어요. 얼굴을 올려다보니 당신은 환하게 웃고 있었지요. 아름다웠어요. 당신의 긴 목에 내 팔을 감고 조용히 웅크렸어요. 당신의 심장은 금방이라도 튀어오를 듯 퍼덕퍼덕 뛰고 있었지요. 순진한 구석이 마음에 들었어요. 당신의 박동, 당신의 체온을 느끼기 위해서는 당신과 더 밀착하는 수밖에 없었어요. 우리 사이에 빈틈이 사라지고 뜨거운 김만이 가까스로 새나오고 있었지요.

전체적으로 으슥한 밤이었지만, 한편으로는 벌들이 울어대는 통에 무드가 깨지기 직전이었어요. 당신은 황홀경에 빠져 벌이 맴도는 모습마저 사랑스럽게 바라보았죠. 꽃들이 고개를 숙여 바닥에 흐르는 꿀을 핥아먹고 있었어요. 나도 모르게 입맛을 다시기 시작했어요. 당신은 손바닥으로 내 볼을 쓰다듬었죠. 온몸에 뚫린 숨 구멍들이 스스로 호흡하기 시작했어요. 살맛이 났어요. 꿀맛보다 더 달콤하고 감미로웠죠. 딱 1분간만 질식하고 싶었어요. 무릎을 굽히고 당신의 목을 내 쪽으로 강하게 끌어당겼어요. 당신은 이미 넘어온 상태였죠. 오늘 밤만은 전적으로 내 남자였어요.

눈을 감고 당신이 들어오길 기다렸어요. 당신의 입술이 내 볼에 닿을 때, 가슴속에서는 이미 뜨거운 용암이 흐르기 시작했지요. 당신의 더 뜨거운 숨결, 맡지 않아도 알 수 있어요. 당신의 최고로 뜨거운 눈빛, 보지 않아도 알 수 있어요. 당신은 나를 유리 인형처럼 조심히 끌어안고 온몸을 주무르기 시작했어요. 몇 년간 단단히 채워져 있었던 빗장이 힘없이 풀리는 소리가 들렸어요. 당신은 더 힘없이 무너져내렸지요. 그리고 어쩔 수 없다는 듯 나를 사랑하기 시작했어요.

이윽고 당신의 노란 도포가 펄럭이기 시작했어요. 당신은 내 볼에 파묻혀 헤어나오지 못하고 있었지요. 내일이 오는 낌새가 느껴졌어요. 당신의 도포에서 벗어날 시간이 얼마 남지 않았다는 사실을 알 수 있었어요. 벌들이 떼를 지어 여명을 향해 아득하게 사라졌어요. 노란 꽃잎이 시들어가고 있었지요. 나는 내 드레스에 달린 수십 개의 공작 눈으로 당신의 온몸을 훑기 시작했지요. 내가 이렇게나 많은 눈을 가지고 있는지 미처 알지 못했어요. 그래도 오늘 밤만큼은 조금 거추장스러워지고 싶었어요.

그날 밤은 너무 짧아서 당신의 이름조차 묻지 못했어요. 그럴 시간에 당신을 더 보고 더 맡고 더 핥고 더 느끼고 싶었죠. 실로 오랜만에 맛보는 쾌감이었거든요. 내일이 되면 나는 당신을 잊을 테지만, 당신에게 나는 영원의 그녀로 남을 수도 있겠다는 생각이 들었죠. 나를 찾아 사막을 헤매지 않기만을 바랄 뿐이에요. 기시감旣視感이라고 여기면 편할 테지만, 당신의 입술이 바르르 떨리는 것을 보니 이 여운은 아주 오랫동안 지속될 것 같군요. 희미한 꿀 냄새가 코끝을 자극하네요. 배가 고파요. 어지러워요. 애정 놀음은 이제 재미없어요, 안녕.

옐로의 경우

어느 밤이었어요. 남자와 여자가 내 공간 안에서 사랑을 속삭이고 있었죠. 나는 이때다 싶어 노란 꽃을 방 안 가득 풀어놓았어요. 끊임없이 별들을 쏟아지게 하고 사막의 먼지를 허공 가득 흩뿌렸어요. 하늘이 노랗다는 게 뭔지 보여주고 싶었어요. 예상대로 남자와 여자는 정신을 차리지 못하더군요. 남자와 여자에게 벗어날 수 없는 광대한 도포를 덧씌웠어요. 황금 이불을 덮기라도 한 듯 남자와 여자는 행복에 겨워 어쩔 줄을 모르더군요. 남자의 숨소리가 거칠어지고 여자의 눈이 반쯤 풀리기 시작했어요. 둘이 키스를 나누는 순간, 방 안의 온도가 정점에 이르렀어요. 사랑이 치정으로 변하기 전에 재빨리 시간을 멈추었지요. 남녀는 서로의 몸과 몸을 단단히 붙인 채 씩씩거리고 있었지요. 그들이 서 있는지 누워 있는지는 중요치 않아요. 이미 그들은 내 공간의 오브제 그 이상도 그 이하도 아니었거든요. 내 임무는 단지 그들의 에너지를 흡수하는 것이었으니까요. 내가 필요한 건 남자의 기다란 목선과 여자의 붉은 입술, 남자의 살굿빛 피부와 창백할 정도로 연노란 여자의 피부뿐이었어요. 그들로 인해 오늘의 영화는 비로소 완성될 수 있었습니다. 그리고 내게 있어 남자와 여자는 그날 밤 가장 완벽하고 아름다운 장식이었지요.

Gustav Klimt *1862-1918*

클림트는 만반의 준비가 되어 있는 예술가였다. 그는 자기 자신을 너무나 잘 알고 있었을 뿐만 아니라, 자신이 하고 싶은 것과 할 수 있는 것을 정확하게 꿰뚫고 있었다. 달리 말해, 그는 "자신의 작품이 결국 맞닥뜨려야 할 궁극"에 대해서도 완벽히 준비된 셈이었다. 〈키스〉를 보고 사람들은 시종 눈을 자극하는 그 화려함에 치를 떨었지만, 클림트는 다음과 같이 시큰둥하게 응수할 뿐이었다. "모든 예술은 에로틱합니다." 사람들이 고개를 갸웃거리면 클림트는 자신의 웃옷을 벗어던지며 이렇게 말하기 일쑤였다. "나에 대해 특별한 점은 아무것도 없어요. 나는 매일 낮부터 밤까지 그림을 그리는 일개 화가일 뿐인걸요. 나에 대해 뭔가를 알길 원하는 사람들은…… 내 그림들을 유심히 보면 됩니다." 그리고 그는 자신의 반짝이는 옐로 휘장 뒤로 몸을 감추는 것이다. 〈키스〉가 화가에 의해 더 에로틱하고 더 은밀해지는 순간이었다.

–

Chaim Soutine
Henri Rousseau
Edward Hopper
Umberto Boccioni
Rob Gonsalves

21

풍경을 다루는 열 가지 방식

생 수틴 〈카뉴의 길〉

Chaim Soutine, *Road at Cagnes*

1923

어떤 그린은 고요하고 어떤 그린은 격정적입니다. 들판에 심긴 풀들을 정직하게 그려내는 사람도 있고 바람이 불지 않으니 들판이 죽은 것 아니냐고 반문하는 사람도 있습니다. 현실을 과장해서 고발하는 사람도 있고 현실에서 도피하는 사람도 있습니다. 어떤 그린은 싱그럽고 어떤 그린은 징그럽습니다. 그 그린을 예쁘게 그리는 사람이 있고 추하게 그리는 사람도 있습니다. 어떤 그린이든 다 똑같다고 믿는 사람도 있고 똑같은 그린은 존재하지 않는다고 우기는 사람도 있습니다. 어떤 그린은 감정적이고 어떤 그린은 분석적이에요. 격정에 휩싸여 그림에 그린을 집어넣는 사람도 있고 채도와 명도를 따져 캔버스에 그린을 풀어놓는 사람도 있습니다. 당신은 어떤 그린을 선호하나요. 그린을 어떻게 다루나요. 당신의 노선을 결정하세요. 그래야만 풍경이 펼쳐질 수 있으니까요.

» 헝클린 그린 «

1

많이 격렬해지고 더 많이 강렬해질 것.

2

가난을 숨기지 말 것. 유태인임을 숨기지 말 것. 풍경을 그리는 데 그런 것들이 대체 무슨 소용이냐고 묻지 말 것.

3

그렇다고 가난을 드러내지도 말 것. 유태인임을 대놓고 광고하지 말 것. 억울하다고 어디 가서 하소연하지 말 것. 그 격정과 분노를 캔버스에 풀어버릴 것. 그 행위가 '승화'보다는 '폭발'에 가까울 것.

4

어떤 풍경을 그릴지 결정할 것. 풍경의 가장 높은 곳에 설 것. 숲을 나무들의 집합으로 보지 말 것. 나무들 한 그루 한 그루에 집착하지 말 것. 풀 한 포기 한 포기에 지나친 애정을 보이지 말 것. 그것들을 그림으로 이루어진 유기체로 파악할 것. 그 유기체에 너의 감정을 담을 것. 가능하다면 꾹꾹 눌러 담을 것. 행여 감정이 유기체 밖으로 흘러넘치거나 유기체 내부에서 터져버려도 모르쇠로 일관할 것. 결핍을 과잉으로 덮어씌울 것. 당분간은 아무 말도 하지 말 것.

5

보이는 대로 그리지 말 것. 너의 눈보단 너의 가슴을 믿을 것. 스스로 소용돌이를 일으킬 것. 스스로 파도를 칠 것. 스스로 회오리가 되어 하늘 높이 솟구칠 것. 모든 것을 폐허로 만들어버릴 것. 자신의 행동에 죄책감을 가지지 말 것.

6

숲 밖으로 도망치지 말 것. 그린 앞에 당당히 설 것. 물감을 섞는 데 주저함이 없을 것. 형태가 이지러진다고 소스라치거나 뒷걸음치지 말 것. 아마추어처럼 굴지 말 것. 모든 것을 휘게 할 것. 모든 것을 부러뜨릴 것. 그래도 여전히 모든 것은 모든 것이라는 믿음을 가질 것. 나무를 쓰러뜨릴 것. 풀을 베어버릴 것. 길을 때려눕힐 것. 집을 무너뜨릴 것. 하늘을 일그러뜨릴 것. 산에 사태를 낼 것. 폐허 위에 물감을 바를 것. 풍경을 새로이 구축할 것. 빵에 버터를 바르듯, 빗으로 머리를 빗듯 그림을 그릴 것. 캔버스를 식탁이나 인간으로 여길 것. 마음에 들지 않으면 언제든 식탁을 엎고 머리칼을 헝클일 것.

7

각각의 그린에 번호를 매길 것. 그 번호에 상응하는 의미를 부여할 것. 그 의미가 감정에 맞닿아 있을 것. 그 감정을 그린에 담을 것. 그린과 그린을 섞을 것. 이를테면 분노와 희망을 섞을 것. 분노 쪽에 무게를 실어주고 싶다면 분노의 그린을 더 넣을 것. 적당히 희망적인 분노, 혹은 분노가 치미는 희망이 만들어지면 그것을 풍경에 투여할 것. 호르몬을 아끼지 말 것. 물감은 더 아끼지 말 것. 아낄 것은 오로지 잡념밖에 없다는 사실을 계속 되뇔 것. 스스로를 최면 상태에 이르게 할 것. 연두에도 공포가 서릴 수 있다는 점을 명심할 것. 올리브의 씨가 격정으로 영글었다는 점을 기억할 것.

8

자신이 없으면 갤러리에 그림을 걸지 말 것. 그래서 더 가난해질 것. 익지 않은 초록빛 옥수수를 갉아 먹을 것. 그런 비참한 삶에 흔쾌히 전염될 것. 재주가 없다면 있는 그대로 인물을 그려 근근이 먹고살 것. 생계를 위해 자존심을 버릴지라도 마음 한구석엔 분노의 씨앗을 남겨둘 것. 기회가 찾아오지 않는다고 투덜거리지 말 것. 차라리 바깥의 풍경을 보고 한없이 격렬해질 것. 분노의 씨앗에 하루에 세 번씩 꼬박꼬박 물을 줄 것. 단한 번의 폭발을 위해 에너지를 모을 것. 절대 고개를 숙이지 말 것. 끄덕이지도 말 것.

9

남은 물감은 다음 풍경을 위해 고이 보관해둘 것. 네가 주무를 풍경이 아직도 많이 남았다는 사실에 행복해할 것. 완성된 그림을 보고 자신이 무엇을 그렸는지 모르겠다며 허둥대지 말 것. 원본(실제 풍경)과 그림을 대조하지 말 것. 대조하되, 어느 것이 더 네 감정에 충실한지 따져볼 것. 네 표현에 손을 들어줄 것. 스스로 승리를 외치고 도취될 것. 네가 창조한 풍경 속에 누워볼 것. 네가 심은 덤불이 네 몸을 기어오르고 네가 낸 길이 네 발목을 붙잡게 놔둘 것. 그것들과 함께 요란을 떨며 우글거릴 것.

10

이 모든 규칙을 풍경에만 적용하지 말 것. 이 규칙들을 네 삶의 불문율로 여길 것. 그림을 완성한 하루 동안만 자만할 것. 위대함에도 유통기한이 있다는 사실을 직시할 것. 네 감정이 이렇게나 복잡하고 미묘하다는 사실에 흥분할 것. 위치에너지가 운동에너지로 바뀌는 원리를 체득할 것. 풍경 속의 가장 높은 곳에 올라가 우렁찬 목소리로 "나는 예술가다!"라고 외칠 것. 메아리가 칠 때 가슴팍에 손을 대볼 것. 심장이 뛰는 그 순간을 만끽할 것. 그렇게 많이 격렬해지고 더 많이 강렬해질 것.

Chaim Soutine *1893-1943*

수틴은, 적어도 붓을 쥐었을 때만큼은 격렬한 사람이었다. 그는 남의 눈치를 보지 않고 붓을 놀렸다. 형태가 어그러지고 사물 간의 경계가 무너지는 것을 전혀 두려워하지 않았다. 그는 사람들이 "왜곡이라고 부르는 것"을 선명하게 표현해내는 재주를 지니고 있었다. 〈카뉴의 길〉 역시 그의 이런 우직한 태도가 잘 담긴 작품이라고 할 수 있다. 그는 "직설적이고 강렬한 감정"을 불러일으키기 위해 사람을 길에 압착시키고 산이 집을 집어삼키게 놔두었다. 카뉴의 길을 수놓고 있는 수십 개에 달하는 그린들을 찍어 바르기 위해서는 수십 개에 달하는 붓들이 필요했다. 〈카뉴의 길〉 안에서 그린들이 서로 섞이거나 마찰을 빚을지라도 수틴은 그린들이 만들어내는 파동을 그대로 전달하고 싶었다. 폭풍우 같은 그린이 카뉴에 불어닥쳤지만 수틴은 끝끝내 현장을 벗어나지 않았다.

22

미지의 생태학 보고서

앙리 루소 〈꿈〉

Henri Rousseau, *The Dream*

1910

그린은 보금자리. 그곳에서 생명이 태어나고 자라고 죽습니다. 길들여지지 않은 동물들과 제멋대로 자라는 식물들이 있는 곳. 거칠고wild 험해서 자유롭지 않은 영혼들은 발붙이기 어려운 곳. 문명의 핍박을 견디고 난 다음에야 발걸음을 하게 되는 곳. 거칠고 험해서 야생wildness이라 불리는 곳. 그러나 보금자리는 여기서 더 거칠어지면wilder 안 됩니다. 그러면 이곳은 황무지wilderness가 될 테고 식물들은 말라 죽고 동물들은 또다시 먼 곳을 향해 기약 없는 여행길에 올라야 할 테니까요.

» 온갖 것들이 다 초록 «
야생의 대화

여인: 나는 숲에서 태어났어요. 조개 같은 관 안에서 얼마나 오랫동안 묵었는지 몰라요. 관자는 나의 탯줄. 무한히 숲의 양분을 공급해주었죠. 따라서 나는 채식주의자. 종일 엽록소를 마시고 안토시아닌과 카로틴을 흡수하죠. 내가 자라면 자랄수록 조개도 점점 커다래졌어요. 나는 다리를 뻗고 기지개를 켜고 가슴을 부풀렸습니다. 간혹 내 얼굴이 어떨까 생각하기도 하면서 말입니다. 조개껍데기에 귀를 대고 있노라면 숲이 우거지는 소리가 들렸습니다. 동물들이 뛰노는 사이 열매가 익어가고 있었죠. 열매는 나의 향수. 새콤달콤한 냄새가 온몸에 배기 시작했어요. 나는 동화 녹말, 광합성에 의해 최초로 만들어진 천연 고분자. 따라서 나는 숲의 이브. 사과를 베어 물어도 결코 쓰러지지 않을 거예요. 그러던 어느 날, 갑자기 몸이 자라지 않기 시작했어요. 몸을 웅크린 채 푸성귀 같은 머리칼을 땋으며 시간을 보내곤 했지요. 곧 조개 뚜껑이 열릴 거라는 걸 온몸으로 알 수 있었어요. 조개가 열리는 순간, 숲의 정령이 되어 푸드덕 날아오를 것만 같았죠. 암사자를 타고 초원을 달리는 상상을 하니 심장이 터질 듯 뛰기 시작했어요. 나는 타잔이 될 거예요. 제인 같은 보조 캐릭터엔 관심 없어요. 10원짜리 팬티 같은 건 주체스러워서 입지 않을 겁니다. 그런데 타

잔의 고향이 어디였지요?

암사자: 제가 알기론 타잔은 케이프타운 출신입니다. 야생동물 틈에서 자유롭게 성장했지요. 야생뉴스를 통해 소식을 접할 수 있었어요. 내가 살던 곳도 야생이었거든요. 나는 아마 아마존에서 왔을 겁니다. 거기는 말 그대로 '아마'의 공간zone이었죠. 친구들도 많고 먹을 것도 많았지만, 언제나 '아마'의 감정에 사로잡혀 견딜 수가 없었죠. 예를 들면, '아마 이곳에 곧 외부의 침입이 있을 것 같다'는 불안감. 이 불안감은 곧 사실이 되었죠. 총칼을 든 사냥꾼들이 우리의 공간에 불도저를 밀고 들어온 것입니다. 위장복camouflage을 입었지만 우리의 눈은 그들이 이방인이라는 걸 단박에 알아챌 수 있었죠. 그들은 가차 없이 나무를 뽑고 풀을 베었습니다. 나는 놀란 가슴을 부여잡고 무작정 뛰었습니다. 눈을 떠보니 바로 여기였어요. 보초니가 그린 숲이 바로 우리의 숲이었습니다. 우리의 밀림이었습니다. 더 이상 존재하지 않는 우리의 고향이었습니다.

코끼리: 고향 얘기가 나와서 말인데, 이 몸은 인도 출신입니다. 어떻게 여기까지 왔는지 기억에 없어요. 물 위를 건넌 기억은 있는데 산을 넘은 기억은 없어요. 사막을 지나친 기억은 있는데 초원을 누빈 기억은 없네요. 발에 진흙이 잔뜩 묻은 걸 보니 늪에도 몇 번 빠진 것 같군요. 기억

이 가물가물합니다. 그러나 그게 뭐 중요하겠어요. 앞으로 즐거울 일만 해도 엄청날 텐데. 성큼성큼 발을 내디딜 때마다 땅 위에서 새싹이 돋아나는 기분을 알아요? 내가 땅을 단단하게 다지면 다질수록 숲은 더 무성해지겠죠? 멜론과 키위가 열리고 라임과 파인애플이 무르익고 아스파라거스와 올리브가 자라겠지요?

　여인: 그럴 거예요. 당신이 걸음을 뗄 때마다 생명의 전율 같은 것이 느껴졌거든요. 내가 몸담고 있던 조개도 움찔움찔 정신이 없었답니다. 덕분에 덩실덩실 춤추는 법도 배웠죠. 나의 탄생에는 당신의 도움이 컸답니다. 당신이 몸에 힘을 잔뜩 주고 트림을 할 때, 수십 년간 닫혀 있던 조개가 열렸거든요. 알로에 같은 풀들 위로 내 몸뚱이가 불쑥 피어올랐죠. 나는 발가벗고 있었지만 하나도 부끄럽지 않았어요. 이곳에 있는 다른 동식물들도 다 알몸이잖아요. 오히려 이게 가장 자연스러웠죠. 내가 만약 타잔이었다면 팬티를 입고 제인이었다면 드레스를 입었을 테지만 나는 숲의 정령, 그 자체로 빛나는데 굳이 힘들여 무엇을 걸칠 필요가 있겠어요? 미소를 짓는 것만으로도 숲에 전적으로 속할 수 있었으니까요. 문득 이런 생각이 들었습니다. 무엇을 바라봐야 할까, 어디로 가야 할까. 조개 뚜껑에 팔을 걸치고 일단 구경부터 하기로 했습니다. 나의 보금자리를, 나의 터전을, 내가 갓 태어난 이 강렬한 현장을.

피리 부는 원주민: 저는 치마를 입고 있어요. 부끄러워서 그런 건 아니랍니다. 이미 몸 전체가 숲에 동화되어 있어서 치마라도 입지 않으면 내가 숲인지, 숲이 나인지 알 수 없을 것 같았거든요.

뱀: 어서 나팔을 불어줘요. 가락이 끊기니 영 춤출 맛이 안 나잖아요.

새: 어디로 날아가야 할지 모르겠어요. 소귀나무로 가야 할지 양치류 식물 위를 사뿐사뿐 걸을지 결정을 못 내렸어요. 저기 애기괭이밥도 내게 손짓하네요. 숲에 양탄자처럼 깔린 이끼들은 또 어떻고요. 정말이지 모든 게 다 초록이에요. 온갖 것들이 나를 유혹합니다. 때문에 나의 날개는 한시도 쉴 새가 없답니다. 나는 안절부절못한 채 벌써 며칠째 갈팡질팡하고 있어요. 길을 잃지 않아도 이렇게 당황스러울 수 있다니! 부디 내 갈피를 찾아주세요.

암사자: 나도 마찬가지예요. 내 눈을 보세요. 초점을 잃은 지 이미 오래됐어요. 황록과 연록과 초록과 청록, 그리고 올리브. 나는 이 모든 색과 관계를 맺고 덕지덕지 얼룩집니다. 사상초유의 대혼란이에요. 거부할 수 없는 무시무시한 황홀경이에요.

해: 맞습니다. 이 숲은 정말 무시무시합니다. 내가 아무리 빛을 내리쬐어도 이곳은 전혀 밝아지지 않아요. 녹음의 그림자가 한가득이어서 나는 오히려 부끄럽게 창백해지죠. 내가 소품으로 전락하는 곳은 여기가 유일합니다. 이러다 어젯밤의 달처럼 반으로 쪼개지는 게 아닌지 모르겠어요.

여인: 숲은 끊임없이 성장할 거예요. 하늘을 찌르고 온 땅을 뒤덮을 때까지 쉬지 않을 겁니다. 나무는 더 무성해지기 위해 가지를 치고 풀은 튼튼하게 웃자랄 거예요. 숲의 정령인 내가 선언합니다. 우리에게 예정은 없습니다. 자유에 거추장스러운 꼬리표는 어울리지 않으니까요. 우리는 생명이자 생명의 기원입니다. 숲이 숲을 낳고 더 울창해지듯, 우리는 언제든지 더 거칠어질 수 있습니다.

Henri Rousseau *1844-1910*

루소는 쉰이 다 되어서야 그림을 그리기 시작했다. 그에게 있어 그림을 그리게끔 활력을 불어넣어준 것은 다름 아닌 자연이었다. 그는 "자연을 관찰하고 자신이 본 것을 그리는 것만큼이나 행복한 일은 없다"고 입버릇처럼 말하곤 했다. 가능한 한 문명에서 멀어지는 것은 그의 행복을 외려 증진시켜주었다. 어느 날, 루소는 자신의 몸에 초록 물이 드는 것 같은 착각에 사로잡혔다. 외딴 시골에 가서 태양을 바라보고 녹음이 우거진 숲에 누워 만발한 온갖 것들을 바라보며 그는 이렇게 외쳤다. "그래! 바로 이거야. 모든 것들이 다 나한테 속해 있어." 내연기관차가 발명되고 도시에 높은 건물들이 지어질 무렵, 루소는 자신이 자연에 귀속될 수밖에 없음을 자각하게 되었다. 그렇게 그는 문명에서 뒷걸음질 쳐 원시에 한 발짝 한 발짝 다가가고 있었다. 가장 원초적인 그린에 몸을 담그자마자 루소는 자신이 새로 태어났음을 알게 되었다. 그곳은 어머니의 자궁처럼 더없이 따뜻하고 풍요로운 공간이었다.

23

녹음에 기대어 앉아

에드워드 호퍼 〈객차〉

Edward Hopper, *Chair Car*

1965

나는 그린을 고른다. 그린으로 그린 그림을 고르고 고른 이를 드러내며 웃는다. 풀처럼 가볍게 흔들려본다. 풀밭에 누운 기린처럼 길게 잠들고 싶다. 기린의 이빨처럼 수줍게 숨어 있고 싶다. 누군가 기린의 입을 벌려 풀을 헤치고 나를 찾아줬으면 좋겠다. 그러면 나는 그린green, 그린grin, 또다시 이를 드러내며 싱긋싱긋 푸르게 웃어줄 테야. 새 이가 돋아나듯, 새싹이 돋아나듯, 나는 마냥 설레고 희망에 벅차올라 스스로 바람 소리를 일으킬지도 모르지. 그림을 그린다는 것, 그린을 그린다는 것은 이런 거야. 네게 또다른 기회 또다른 만남을 알선해주는 것이지. 너는 기린처럼 목을 늘

여 뺀 채 네 발로 두근거리며 수줍게 뻗어나가면 되는
거야. 네 키가 어디까지 자랄지 네가 어디에 도달할지
는 중요하지 않아. 그래서 그린은 조마조마해. 언제나
움트기 직전이지. 길을 가다가 풀을 만나면 양손을 벌
려 너를 활짝 열어줘. 고개를 벙긋 내밀고 내가 그린,
그린, 웃어줄 테니.

» 이토록 몽롱한 초록 «

1

조세핀●은 문득 생각한다. 어디로 가야 할까? 행선지는 중요하지 않
아. 그녀는 입술을 지그시 깨물고 다짐하듯 중얼거린다. 시골로 갈까? 어
차피 바깥 풍경은 날 동요시키지 못하는데, 뭘. 조세핀은 고개를 저으며
객차에 일단 올라타는 게 낫겠다고 생각한다. 나머지 일들은 글쎄…… 초
록색 소파에 몸을 기대고 객차의 움직임에 몸을 맡기기로 한다. 창밖의 풍
경은 아직 정지해 있다. 조세핀은 '글쎄' 같은 심정으로, 있는 듯 없는 듯
앉아 있다.

2

캐서린은 출장길에 오른다. 이달에만 벌써 네번째 출장이다. 그것도
같은 지역으로. 객차 안에서의 시간은 무료하기 짝이 없어서 대부분 그 시
간 동안 선잠을 청하곤 했다. 눈을 감았다 뜨면 아까 그 장소 같다는 생각.
그녀는 객차 안의 그 자리에 그대로 앉아 있고 바깥 풍경도 여전하다. 이
세상에 들판이 이토록이나 넓게 펼쳐져 있었다니! 창문을 내다보며 얻는
깨달음은 한순간이다. 그 뒤에는 언제나 기다렸다는 듯 지루함이 밀려든

● 실제로 조세핀Josephine Nivison은 에드워드 호퍼의 아내 이름이기도 하다.

다. 똑같은 모양의 나무들이 한쪽 방향으로 기울어지는 모습을 보는 것도 고역이다. 그녀는 오늘만큼은 책에 눈과 코를 파묻어야겠다고 다짐한다.

3

기차가 경적을 울린다. 어디로 가는 거지? 행선지는 조세핀의 머릿속처럼 불투명하고, 캐서린의 태도처럼 무관심하다. 기차가 울퉁불퉁한 철로 위를 가까스로 미끄러진다. 아무도 동요하지 않는다.

4

바깥은 안을 바라본다. 사실, 바깥은 자신을 안이라고 인식하고 있다. 그러나 바깥은 자신이 움직이는 존재가 아니라는 사실에 묘한 열패감을 가지고 있다. 아무리 흔들리고 나부껴도 뿌리가 흙속에 박혀 있는 이상 능동적으로 움직인다고 볼 수 없지 않은가. 바깥의 사명은 안이라는 이름을 되찾는 것이나 안으로 들어가는 것이 아니다. 그저 스쳐 지나가는 동안에도 끊임없이 존재 증명을 하는 것. 기저에 있는 엽록소를 최대한 끌어올려 한없이 흐드러지고 우거지는 것. 그것은 객차 안의 초록색 소파도 마찬가지다.

5

캐서린은 치맛자락을 한쪽으로 여민 후 소파 한구석에 그것을 몰아넣는다. 혹시나 누군가가 자신의 허벅다리 사이를 볼 가능성을 미연에 차단하는 것이다. 캐서린은 그런 여자다. 잠을 잘 때도 머리를 뒤에 기대어 자지 못하는 꼿꼿하고 뻣뻣한 여자. 그래서 그녀는 스무 살 이후에 곤경에 처한 적이 단 한 번도 없었다. 사람들은 종종 그녀를 매력 없다고 비난했지만 그럴 때마다 그녀는 자신이 철두철미하다고 생각하며 스스로를 위무했다.

6

조세핀은 무료하다. 어디로 가는지 모르는 객차 안에 앉아 있으면 그저 흥겨울 줄 알았는데 그 흔한 기대감도 들지 않는다. 지금 기분으로는 어딜 가나 마찬가지일 것만 같다. 마흔을 훌쩍 넘기자 자신이 문득 너무 많은 것을 알아버렸다는 생각이 들었다. 모험 정신도 창작열도 생기지 않았다. 남편이 그림을 그릴 때 모델이 되어주거나 남편이 그린 그림을 잘나가는 화상에게 소개하는 게 그녀가 하는 일의 전부였다. 조세핀은 지금 그 어떤 것도 마음에 들지 않는다. 초록색 소파와 창으로 밀려드는 연둣빛 햇살을 빼면. 자신이 너무 소박한 것에 아늑함을 느낀다는 사실이 문득 서글프다. 이 서글픔이 무료함을 이기지는 못한다. 그녀는 정말이지 너무나도 무료한 것이다.

7

　캐서린은 책을 펼쳐 들었다. 버지니아 울프의 『등대로』다. 철학자와 화가가 등장하는 소설이라니. 차라리 신문을 사들고 올걸. 그녀는 아주 잠깐 후회했다. 그러나 캐서린은 결코 길게 후회하는 법이 없다. 자신의 철두철미함에 오점을 남기는 게 싫은 것이다. 그녀의 눈과 책 사이의 정직한 거리를 보라. 자신은 인정하지 않을지 모르지만, 이처럼 그녀는 독한 구석이 있다. 한 문장 한 문장 읽어내려갈 때마다 자신의 몸이 소설 속에, 이 객차 안의 초록색 소파 안에 서서히 속하고 있음이 느껴진다. 나는 점점 푸르러지는지도 모르겠어. 자신이 발설해버린 이 뜨악한 문장은 소설 속 다음 문장에 그대로 묻혀버렸다. 캐서린은 이 정도로 지금 책에 열중해 있는 것이다. 그녀가 문장의 호흡에 맞춰 불규칙적으로 숨 쉴 때마다 초록색 소파도 같이 숨 쉰다.

8

　기차는 일정한 속도로 철길을 가르고 바깥은 일정한 속도로 뒤로 물러난다. 바깥은 그저 객차 안에 연초록의 빛을 일정하게 제공하고 있을 뿐이다. 나무가 흔들리고 잎들이 떨고 풀들이 바스락거리는 것을 캐서린과 조세핀은 모른다. 객차 안의 그 누구도 모를 것이다. 아무도 알아주지 않는 일들이, 지금 여기에서 한창 벌어지고 있다.

9

조세핀은 우연히 캐서린을 바라본다. 캐서린의 경직된 자세가 조세핀의 주의를 끈 것이다. 조세핀은 의자를 왼쪽으로 조금 돌린다. 행여 캐서린이 누군가가 자신을 바라보고 있다는 사실에 불쾌해하기라도 하면 어쩌나 하는 걱정이 들지 않는 것은 아니다. 그러나 지금 당장은 이 응시를 그만두고 싶지 않다. 낯선 곳으로 향하는 객차 안에서 남편 생각을 하는 것만큼 끔찍한 일이 또 있을까. 캐서린이 낌새를 차린 표시로 몸을 조금 움직이거나 눈을 불안하게 껌벅인다면, 조세핀은 언제든 그 자세를 철회할 것이다. 마치 그때껏 아무 일도 일어나지 않은 것처럼. 꾸벅꾸벅 조는 척을 할 수도 있고 거울을 꺼내 머리를 매만질지도 모른다. 조세핀은 그 정도의 센스와 예의는 갖추고 있는 여자다. 그러나 지금은 캐서린을 관찰하는 게 조세핀의 가장 큰 즐거움이다. 저 여자는 대체 뭐하는 사람일까? 그녀는 왜 하필 이 객차 안에서 버지니아 울프를 꺼내 들었을까. 이 여자가 저 여자의 사연을 궁금해하고 있다. 그런데 저 여자의 시선이 정말 책에 박혀 있는 걸까? 조세핀은 골똘히 상념에 잠긴다.

캐서린은 그때 등대로 떠나는 상상을 하고 있었다. 창밖을 뚫어져라 쳐다보면, 등대가 들판 위에 우뚝 서 있을 것 같기도 하다. 우리가 지금 등대로 향하고 있는 거면 어쩌지? 출장 가서 처리해야 할 일들이 머릿속에 가지런히 정렬되고 있다. 캐서린은 이처럼 매사에 조심스럽다. 자신이 이런 엉뚱한 상상을 하고 있는 것이 불편할 만큼, 충분히 현실적이다. 캐서린의 가슴속에 전구를 주렁주렁 단 한 그루의 나무가 솟아난다. 그녀는 고정된 자세를 참지 못하고 순간 움찔하고 만다. 캐서린은 '등대'라는 미지의 공간 때문에 놀란 것이 아니다. 자신의 입에서 '우리'라는 말이 튀어나온 것에 적잖이 뜨악한 것이다. 생면부지의 사람들과 함께 있는 이 익숙한 공간에서 난데없이 피어난 공동체 의식이 부담스럽고 불편하기만 하다. 초록색 소파에 앉아 있어서 그럴 거야. 어쩌면 연둣빛 햇살이 들이닥치고 있어서 그럴지도 몰라. 그녀는 자신의 치맛자락이 서서히 초록으로 물들고 있다는 사실을 인정하지 않는다. 그 대신 그녀는 난생처음으로 회피하는 법을 배운다.

11

더 놀란 쪽은 오히려 조세핀이다. 그녀는 소파를 원위치로 돌릴까 하다가 그만둔다. 캐서린이 넋 나간 상태라는 것을 조세핀은 직감적으로 알고 있다. 초록색 소파의 쿠션이 구겨졌다 펴지듯, 그녀들의 표정은 또다시 원위치.

12

캐서린은 자신의 심신이 흔들리고 있다는 걸 안다. 자신을 다잡기 위해 가만히 치맛자락을 붙잡아본다. 그녀는 이 동요에서 한시라도 빨리 벗어나고 싶다. 그러나 그러면 그럴수록 걷잡을 수 없는 유혹에 사로잡힌다. 그녀는 무작정 흔들리고 싶다. 손짓 발짓으로 애원하는 창밖의 나무들처럼 그녀는 한없이 나부끼고만 싶다. 손끝이, 정강이가, 허벅다리가, 심장이, 그리고 온몸이 두근거린다. 캐서린은 자신의 몸을 훑어보기 시작한다. 매일 아침 거울을 들여다보지만 자신이 이렇게 생긴 줄 단 한 번도 깨닫지 못했었다. 신발 속에 갇힌 자신의 발, 옷에 갇힌 자신의 몸뚱이, 표준에 갇힌 자신의 일상이 따분하고 역겹게 느껴진다. 안정된 생활이 주었던 행복과 여유가 다 부질없이 느껴진다. 살면서 단 한 차례도 느껴보지 못했던 감정이다. 그녀는 마치 이런 날이 오기를 평생 기다린 사람처럼 금세 우울하고 고독해진다. 이상하게도, 이 우울과 고독이 익숙하고 평안하다. 그녀는 운명과 예언에 대해 잠깐 생각하고 가없는 들판 위를 치맛바람으로 달려간다.

13

조세핀은 반지에 결박당한 자신의 손가락을 바라본다. 이 금속 덩이로 인해 많은 것들을 잃어야만 했다. 소파에 편히 기대어 앉아 모르는 여인을 관찰하는 것이 최근에 누린 가장 큰 호사였다는 생각도 든다. 달리는 객차, 들이치는 연둣빛 햇살, 그리고…… 가슴속에 일렁이는 초록의 물결. 그래, 어디로든 떠나야 한다.

14

몽롱하다. 초록이 이토록이나 몽롱함을 자아낼 수 있다니! 지금 여기에서는 섣불리 상상하지 못했던 일들이 벌어지고 있다. 대지를 뒤흔들고 하늘을 무너뜨릴 만큼의 파급력은 없어도, 이 깨달음은 충분한 가치가 있다. 조세핀과 캐서린은 불현듯 바깥이 궁금해진다. 자신이 속한 공간이 바깥이라는 생각이 든다. 자신들이 부대낄 현장이 바로 저기가 아닐까. 둘은 동시에 같은 생각을 하고 창에 비친 서로의 얼굴을 바라본다. 아, 아름답다.

15

조세핀과 캐서린은 서로가 다시는 마주치지 않을 사람이라는 것을 안다. 지금 당장 확실한 예감은 이것뿐이다. 들판 위를 달리다가 우연히 풀

한 포기 나무 한 그루로 마주칠 수도 있겠지. 또다시 서로를 빤히 쳐다보며 자신의 얼굴을 투영해볼 기회도 있겠지. 둘은 결의라도 다지듯 주먹을 고옥 쥐어본다. 한 움큼의 안락과 고요가 주먹 안에 쥐어지는 듯도 했다.

16

기차가 멈췄다. 아무도 내리지 않는다. 녹음에 기대어 앉아 있는 이 기분이 가히 나쁘지 않다. 조세핀과 캐서린은 지금이 바로 포근한 품을 떠나야 할 시간이라는 걸 직감한다. 기차는 정지했지만, 조세핀과 캐서린은 이제야 자신들이 출발하고 있다고 생각한다. 출발 직전이 가져다주는 막막함이 더이상 두렵지 않다. 내리면 새로운 세계가 펼쳐져 있을 거야. 초록빛 소파를 박차고 나와 바깥으로 발을 내딛자. 연둣빛 햇살을 맞으며 정처 없이 서성여보자. 바깥에는 우즈 강●이 드넓게 펼쳐져 있고 푸른 이끼에 휩싸인 등대 하나가 강 아래로 서서히 잠기고 있었다. 그 강 위에 두 개의 빛이 출몰할 시간이 머지않았다.

───────────

●버지니아 울프가 죽음을 향해 스스로 걸어들어간 강의 이름.

Edward Hopper *1882-1967*

일전에 호퍼는 "말로 표현할 수 있었다면, 그림을 그릴 이유는 없었을 것"이라고 단언했다. 그에게는 그림이 유일한 수단, 아니, 좀더 극단적으로 말해 모든 수단이나 다름없었다. 또한 호퍼는 상상하기를 즐겼는데 "그 어떤 숙련된 창조력도 상상의 필수적 요소를 대체하지 못한다"는 게 그의 지론이었다. 그의 말마따나, 호퍼가 "받은 유일한 영향은 그 자신"이었다. 〈객차〉에 드리운 분위기 역시 전형적인 호퍼를 감지할 수 있게 해준다. 호퍼는 "언제나 기차 안에 있는 대도시에 접근하는 것에 관심 있어했고" 자신이 "그 감각을 온전히 묘사하진 못할지라도 그것이 미학과는 아무 상관없는, 순전히 인간적인 모습"이라고 생각했다. 〈객차〉에 있는 여인들이 서로를 흘긋거리면서도 자신을 놓지 않으려고 발버둥치는 것을 보라. 이 세계에 남은 마지막 고독과 슬픔, 그 발악의 끝자락, 거기에 바로 호퍼가 있다.

24

숲이 달린다

움베르토 보초니 〈마음의 상태 – 떠나는 사람들〉

Umberto Boccioni,

State of Mind – Those Who Leave

1911

나무가 풀 한 포기가 되어 떨어져나갈 때, 그린의 마음은 갈기갈기 찢어진다.

» 그린 마일 위에서 질주하다 «

1

도시에서 하는 풀 베는 상상은
은밀한 거짓말
랜드로버와 전기톱을 빌려
숲으로 들어간다

우리의 눈은 정확하다
우리는 마음을 꿰뚫어보고 스피드를 잴 수 있다

기계의 움직임은 또
얼마나 친절하고 아름다운가

때가 됐다
우리의 힘을 맹신할 때가

우리는 숲을 분석하고

그것을 산산이 해체하기 위해
랜드로버와 전기톱을 빌려
성큼성큼
숲으로 들어간다

2
숲에 들어서는 순간,
나는 어떤 감을 잡는다

미처 알지 못했던 사실들에 대해,
알고 있었지만
섣불리 발설할 수 없었던 기막힌 우연들에 대해

풀을 헤치며—몇몇은 풀을 해쳤다고 알아들었다—
가령, 내가 초록별 위에 있다는 사실을
나뭇잎을 쓸며—몇몇 중의 몇은 나뭇잎을 썰었다고 알아들었다—
가령, 내 손이 이렇게 따듯할 수도 있다는 사실을

새들 몇 마리가 푸드덕거리며 날아갔다
이 그럴싸한 순간에,
너 따위가 누릴 호사가 아니라는 듯
날개로 뺨을 후려치는 시늉을 하며

아무도 알아주지 않았지만,
억울하지 않았다
혼자인데도 쓸쓸하지 않았다
나에게만 중요한 순간이었고,
나는 조금 이기적으로 이기죽거렸다

이상해 요상해 괴상해
그러나 아름다워
비행기를 처음 봤을 때 했던 말을,
다시 한번 입 밖으로 꺼내보았다

바람 소리보다는 모터 소리가
새의 날갯짓보다는 선반旋盤의 회전이
들꽃 향기보다는 구리의 냄새가

우리를 일으켜 세우던 나날들

감동이 쇳물처럼 밀려들었다

3
내가 감 잡았다는 사실마저도
감 잡는 데 성공했을 때

우리의 바퀴는 이미 길을 휩쓸고
우리의 집게는 나무를 뽑아들고
우리의 가슴에는 용광로가 들끓고 있었다

랜드로버가 질주하는 소리가 들렸다

용기를 내!
우리 중 누군가가 소리쳤다

감상 따위에 젖지 말라는 말이다

바람을 이기고 소용돌이를 창조하는 것
나무를 쓰러뜨리고 그 위에 우뚝 서는 것
남들이 감히 꿈꾸지 못한 곳으로
전속력으로 달려가는 것

누군가는 그것을 미래라고 했고
누군가는 그것을 창조라고 했다

사방에서 톱날 돌아가는 소리가 들린다
우리는 새로 시작할 것이다
이곳에 도로를 깔고 공장을 세우고
녹음綠陰 대신 기계음과 그을음을 들어앉힐 것이다
우리만의 그린 마일Green Mile이 곧 열릴 것이다.

질주는 끊기는 법이 없다
나는 나의 눈과 나의 귀를 빼앗겼다

몸이 사방으로 터질 것 같았다
달팽이도 눈물을 흘린다면,
그 눈물이 지금의 나처럼 흘러내리리라

사명을 지는 자들은 언제나 우울한 법
그러나 우리는 영웅처럼
결코 울지 않는다

서사시가 장옷처럼 흘렀다
세상에서 가장 빠른 리듬으로
세상에서 가장 명쾌한 리듬으로

4
폭풍우에 휩쓸려 나무들이 일제히 쓰러질 때
흙이 뒤엎이고
가지들이 동강 나고
풀줄기마다 검은 그을음이 묻어날 때

바람이 사방을 가르고
우리는 나무를 자르고
자연과 기계는 다르고
개울이 완벽히 마르고
우리의 태도는 바르고

형체가 사라지고
숲이 달리고 있다는 뉘앙스만 남을 때

스피드에 의해
문명에 의해
지구가 초록별이라는 사실이 마침내 증명될 때

우리는 웃으며
수초를 헤/해치러
이제 바다로 간다

Umberto Boccioni *1882-1916*

보초니는 시대의 변화에 민감한 화가였다. 그는 유독 속도에 탐미했는데, 남들이 스피드에서 현기眩氣를 느낄 때조차 보초니는 그것을 열기로 승화시키는 재주를 지니고 있었다. 그는 그 열기를 이용해 "산업화 시대의 결실"을 그려내고자 했다. 그리고 그것은 오직 기술 문명에서 꽃피울 수 있는 것이었다. 그에게 "유일한 진실은 창조물creation"이었다. 그 창조물은 신의 그것이 아니라 인간의 손을 거친 것이었다. 보초니는 우뚝 선 한 그루의 나무보다 그 나무를 자르는 전기톱이 더 멋지다고 느꼈다. 스피드에 몸을 맡기기 시작하니 똑같이 그릴 필요가 없어졌다. 그의 눈은 정지한 화면보다는 생동하는 움직임을 포착하는 편이 편했기 때문이다. 그는 "누군가는 반드시 분위기atmosphere를 그려야 한다"고 생각했다. 그리고 그 누군가가 반드시 자신이어야만 한다고 느꼈다. 그린이 분쇄기에 갈리기 시작하는 순간이었다. 찡그린 그의 얼굴에 싱그러운 미소가 드리우는 순간이었다.

25

언제나 피터 팬

롭 곤잘베스 〈취침중의 비행〉

Rob Gonsalves, *Bedtime Aviation*

2001

그리고 그린은 찡그린다. 모험이 끝난 것이다.

» 내가 그린 그린^{green} 그림 «

Prologue

붓에 그린을 듬뿍 묻혀 광활한 들판을 그려야지. 붓이 달리기 시작하면 설원은 풀밭이 되고 대기는 녹음으로 우거지지. 이마에 생긴 주름에는 일렬로 모가 심기고, 우리는 동화처럼 조금 행복해져. 꿈꾸는 만큼 들판의 직경이 늘어날 수 있을까 고민하던 시절이 있었지. 잠옷을 입어야만 잠을 잘 수 있다고 철석같이 믿었던 그때, 캔버스는 너무 작고 초록색 물감은 언제나 부족했지. 커가는 게 두려워 시간을 거스르기 위해 뛰고 또 뛰었지만, 그림자는 끈덕지게 나를 쫓아왔어. 초록빛 지구를 한 바퀴 돌고 다시 제자리에 섰을 때, 모는 한 뼘이나 더 자라 있었고 나는 어느새 훌쩍 어른이 되어 있었지.

Monologue

그날 일이 어떻게 시작되고 어떻게 끝났는지 우리는 알지 못해요. 우리는 너무 어렸고 아시다시피 기억은 불완전하잖아요. 밝을 때는 돌아다니다가 어두워지면 잠자리에 들어야 한다는 사실만 알던 시절이었죠. 들판에 피어 있는 꽃들의 이름을 몰라도 하나도 부끄럽지 않았어요. 우리는 꽃보다 아름다운 웃음을 지을 수 있었고 굳이 이슬을 머금지 않아도 쑥쑥 자랄 수 있을 것 같았거든요.

그날의 시작은 여느 때와 다를 바 없었어요. 우리는 잘 익은 베이컨과 스크램블드 에그를 먹고 책가방을 챙기기 시작했죠. 엄마가 주스를 마시라고 고래고래 소리를 질렀지만, 회초리를 들지 않는 한 우리는 꿈쩍도 안 할 태세였죠. 누나는 다이어트를 해야 한다며 화장실 변기에 먹은 것을 죄다 토했고, 막내와 저는 그 소리를 들으며 입을 막고 키득거렸죠.

가방을 메고 학교에 가는 길은 언제나 활기찼어요. 그때 무슨 얘기를 그리도 열심히 했는지 지금은 잘 기억나지 않아요. 바람이 불어올 때면 우리는 약간의 외로움을 느끼기도 했죠. 어떤 감정은 이유 없이 생기기도 한다는 걸 처음 깨달았지만 그 사실을 입 밖으로 내뱉기엔 왠지 부끄러웠어요. 누나는 이어폰을 귀에 욱여넣고 저만치 앞서 걸어가기 시작했어요. 누나는 밤이고 낮이고 너바나^{Nirvana}를 들었지만, 열반이 무슨 의미인지 알지는 못하는 것 같았어요. 새싹이 어떻게 돋아나는지 나무가 어떻게 흐무러지는지 알지 못하는 것처럼 말예요.

"크리스티 이모가 이곳에서 죽었대."

들판을 지나던 도중, 누나가 갑자기 멈춰 서서 중얼거렸죠. 빌보드차트나 박스오피스 순위를 전달하는 것처럼 아무렇지도 않은 목소리였어요. 죽음에 대해 그렇게 말하면 안 된다는 생각이 어렴풋이 들었지만 나는 크리스티 이모가 누군지 도통 기억나지 않아서 입 다물고 있기로 마음먹었어요. 사각형으로 잘 구획된 들판에는 옥수수가 가득 심겨 있었습니다. 우리는 아무 말도 하지 않고 들길을 나란히 걸었죠. 어깨에 멘 가방이 더욱 무겁게 느껴졌어요. 눈물이 핑 돌았지만 참았습니다. 두 팔을 벌리고 깊은 숨을 내쉬었어요. 그렇게 옥수수처럼 단단히 여물어갔습니다.

기하학 수업 시간은 언제나 지루해요. 나는 사각형을 그리고 연두색 색연필로 그 안을 채웠죠. 미술 시간도 아닌데 말예요. 우리는 마름모와 정사각형, 그리고 사다리꼴이 어떻게 다른지를 배웠어요. 나는 모든 종류의 사각형에 연두색 색연필을 칠했습니다. 삼각형 두 개를 이어 붙여 사각형을 만든 후 그 안을 올리브색으로 메우기도 했어요. 문득 내가 침대를 그리고 있다는 생각이 들었어요. 우리 남매들은 모두 사각 무늬로 된 침대보를 사용했거든요. 사각 무늬는 초록색, 연두색, 올리브색으로 채워져 있어 우리는 언제나 들판 위에서 잠자는 느낌을 받을 수 있었답니다.

나는 내가 칠한 사각형들을 이어 붙이기 시작했어요. 침대보를 만들기에 책상 위는 너무 좁았지만 나는 계속해서 사각형을 그리고 칠하고 이어 붙였어요. 선생님이 기하학적 구조물에 대해 설명하기 시작했지만 내 머릿속에 떠오른 구조물은 오직 침대뿐이었어요. 풀이 자라는 침대, 나무가 자라는 침대, 어느새 연두와 초록과 올리브로 물든 침대. 침대가 들판이 되면 나는 그 위를 달릴 수도 있었고, 들판이 침대가 되면 나는 그 위에 누울 수도 있었죠. 하지만 나는 날아다니는 쪽을 선택했어요. 권리라는 것이 처음으로 내게 주어진 날이었죠.

나는 다른 교실에 있는 누나와 남동생을 불러 모았어요. 놀랍게도 누나와 남동생은 순식간에 내가 짠 들판 위로 와주었어요. 그것도 잠옷 차림으로요! 아래를 내려다보니 나 역시 잠옷 차림이었습니다. 우리는 근사한 계획을 앞둔 모험가처럼 서로를 바라보며 의미심장한 미소를 지었죠. 책상이 침대가 되고 이윽고 들판으로 변하고 있었습니다. 사각형들이 세상을 향해 뻗어나가기 시작했습니다. 우리가 할 일은 그저 두 손을 펼쳐 나는 시늉을 하는 것뿐이었어요. 하늘에 도달하는 것은 그야말로 시간문제였습니다. 우리는 로켓처럼 시원하게 솟구쳤습니다. 마치 피터 팬처럼 말입니다.

다행히 선생님과 친구들은 우리의 모험에 대해 눈치채지 못했어요. 우리는 침대 위를 맘껏 비행하기 시작했습니다. 침대 사이사이로 개울이 흐르고 있었습니다. 어느새 침대는 들판으로 변해 있었고 우리는 들판의 옥수수를 향해 손을 흔들었습니다. 잘 여문 옥수수가 가지런히 돋아난 이를 드러내며 환히 웃어주었죠. 우리는 비행기보다 더 위로 올라가 아래를 가만히 내려다보았습니다. 각설탕 크기의 푸른 사각형들이 옹기종기 모여 있었습니다. 우리의 눈을 믿을 수 없었어요. 아, 여기가 바로 네버랜드인 모양이구나! 지구 밖으로 벗어나기 직전이었어요. 이제 어른이 되지 않아도 되는 걸까요? 그렇게만 된다면 크리스티 이모처럼 죽는 일도 없을 텐데.

갑자기 수업 종이 울리는 소리가 요란하게 들렸습니다. 고개를 들어보니 친구들이 모두 나를 빤히 쳐다보고 있었어요. 책상 위에는 그리다 만 사각형들이 어지럽게 놓여 있었습니다. 이상하게도 전혀 부끄럽지 않았습니다. 왠지 모를 헛헛한 느낌만 들었죠. 친구들이 내게 손가락질을 하며 까르르 웃기 시작했습니다. 아래를 내려다보니 여전히 나는 잠옷 차림이었어요. 그제야 얼굴이 붉게 달아오르더군요. 나는 부랴부랴 책가방을 챙겨 집으로 달음질치기 시작했어요. 광활하게 펼쳐진 들판을 지나 들판 무늬의 침대에 몸을 던졌습니다. 픽픽 웃음이 새나왔어요. 오늘을 영원히 잊지 못할 것 같았습니다.

　어른이 되면 머릿속에서 이 모든 기억이 사라지고 말까요? 누나와 동생은 오늘의 비행을 기억이나 할까요? 우리가 잠시나마 피터 팬이었다는 사실은 네버랜드에만 남아 있을까요? 그날 일어났던 일을 이야기하면 사람들은 코웃음을 쳐요. 몇몇 친구들은 내 이마를 짚고 묘한 표정을 짓거나 감기약이 덜 깼다며 호들갑을 떨기도 하죠. 어느덧 내 얼굴에는 기름진 여드름 씨앗이 심기기 시작했어요. 그것들은 무서운 속도로 자라 옥수수 알갱이처럼 단단해졌죠. 사춘기가 찾아왔지만, 나는 너바나를 듣는 것 외에 또 어떤 일을 할 수 있는지 알지 못했어요. 들판을 넓게 그린다고 해서 그린을 소유할 수 없다는 것도 아는 나이가 되었고요. 어른이 된다는 것은 많은 것들을 잃는 일임을 비로소 깨닫게 되었죠. 누나가 어느 순간 크리스티 이모를 잊어버린 것처럼, 침대가 더이상 들판으로 변하지 않는 것처럼, 그리고 연두색 색연필의 끝이 다 닳아버린 것처럼.

Epilogue

　어떤 수업은 40분이고 어떤 수업은 평생이 걸리지. 어떤 수업은 찰나에 시작되고 찰나에 끝나지. 그러나 그 어떤 수업이든 교훈은 순간적이야.

나는 매일 침대 위에서 깨날 때마다 들판을 비행하는 상상을 하지. 이 상상이 내가 매일 아침 듣는 수업인 셈이야. 내가 강의하고 내가 수강하는 수업. 싱그러운 공기가 폐 깊숙이 들어와 나를 일으키지. 횡격막이 켜켜이 내려앉는 소리가 들려. 나는 경쾌한 하루를 구상해. 그게 말도 안 되는 일인 걸 잘 알면서도 말이야. 그리고 창밖을 향해 오늘의 교훈을 힘차게 외치지. 오늘의 교훈은 365일 언제나 똑같아. 내가 피터 팬이라는 것. 초록은 동색이라는 것. 나는 결코 완전히 자랄 수 없다는 것. 옥수수가 하늘을 찌르리라는 것. 침대는 세상에서 가장 안락한 들판이라는 것. 오늘의 교훈을 외친 후 나는 들판을 개고 나와 회사로 향하지. 피터 팬 콤플렉스는 사각 무늬 침대보처럼, 들판 위의 비행처럼 끝없이 이어져. 오늘도 어제처럼 야근 명령이 떨어진 것처럼.

Rob Gonsalves *1959-2017*

곤잘베스에게는 두 가지 꿈이 있었다. 초현실주의자가 되는 것, 그리고 건축가가 되는 것. 한마디로 말해 초현실주의적인 건축가가 되는 것. 곤잘베스는 토양 위에서 작업을 시작하는 대신 캔버스 위에서 이 두 가지 꿈을 이루려고 마음먹었다. 그러려면 무엇보다 마그리트의 환상성과 에셔의 정확성이 요구되었다. 그는 보통의 초현실주의자들의 그림에서 발견되곤 하는 불편함이나 공포감을 경계하려고 했다. 오히려 그는 정교한 계획과 무의식적인 열망을 의식적인 화면 구성으로 엮어내는 데 관심이 있었다. 어느 순간 곤잘베스는 스스로가 "매직 리얼리즘magic realism"이라고 부른 영역에 발을 들이게 되었다. "어떤 하루를 상상해보라…… 나뭇가지 사이로 다이빙을 할 수도 있고, 태양 위로 헤엄도 칠 수 있는." 〈취침중의 비행〉 역시 이런 '상상'에서 출발한 작품이었다. 이 상상 속에서 그린은 모든 것을 연결해주는 끈과도 같은 것이었다. 침대와 밭을, 밭과 산을, 그리고 산과 침대를. 건축이 끝남과 동시에 뫼비우스 띠로 엮인 동화 한 편이 완성되었고, 그는 비로소 다시 편안한 잠에 빠져들 수 있었다.

—

Edvard Munch
David A. Siqueiros
Alexander Rodchenko
James A. M. Whistler
Jackson Pollock

26

뭉클한 키스

에드바르드 뭉크 〈키스〉

Edvard Munch, *The Kiss*

1897

●

블랙은 우리를 끌어당깁니다. 당신과 나를 하나로 끌어안습니다. 블랙에 몸을 숨기기 위해 우리는 불을 끄고 장막을 치고 굴을 팝니다. 아무도 없는 공간에서 둘만의 은밀한 대화를 나누기 위해, 우리는 기꺼이 어두워질 용의가 있습니다. 샹들리에가 빛나는 연회장, 거리의 네온사인, 드레스에 달린 각양각색의 장식들, 더 크고 더 투명한 보석을 얻기 위해 줄선 사람들. 이 도시는 온통 반짝거리는 것들로 치장되어 있습니다. 화려함에 중독된 사람들 사이를 밤새 누비고 나면 현기증이 일어요. 너와 나는 지칠 대로 지쳤고, 무엇보다 지금 위안을 필요로 하지요. 우리는 빛을 피해서 절뚝거리듯 걷습니다. 골목을 굽이굽이 돌아 집에 도착하면 안도의 한숨이 나옵니다. 우리는 아무 말도 하지 않고 우리의 자리로 이동하지요. 이곳에서는 남들의 이목을 신경 쓰지 않아도 됩니다. 여기는 블랙, 우리가 당당하게 숨을 수 있는 유일한 시공간이에요. 우리는 깜깜한 공간에서 서로를 더듬고 비비고 쓰다듬습니다. 모든 것을 다 묵인해주는 블랙. 당신과 나는 비로소 하나가 되고, 그 자체로 거부할 수 없는 매혹으로 귀결합니다. 블랙은 우리를 끌어당기고 당신과 나를 하나로 끌어안습니다. 우리는 블랙 안에서 거부할 수 없는 격정에 휘말립니다. 그리고 세상에서 가장 빽빽한 소실점으로 사라지기 위해, 광풍 속으로 순순히 빨려들어가지요.

» 어둠을 껴입은 채로, 우뚝 «
어둠의 연대기

아버지는 군의관, 군인의 위용과 의사의 권위를 둘 다 가지고 있었다. 이 사실이 얼마나 골치 아픈지 모를 것이다. 그러나 왜냐고 묻지 말아달라. 이유를 설명하는 일은 더욱 골치 아프고, 나는 이미 충분히 삐딱해서 그 누구의 요청도 받아들이지 않을 작정이다. 내 앞에 왕을 데려와봐라. 나는 밤이 와도 입을 열지 않을 것이다. 침묵에 대해서는 완벽히 훈련되었다고 자신 있게 말할 수 있다.

나는 첫 아들, 어머니는 내 뒤로 셋을 더 낳았다. 참으로 안쓰러운 일이었다. 누이가 있었지만 우리는 둘 다 너무 어렸다. 다섯 살짜리 남자애와 여섯 살짜리 여자애가 빵을 썰겠는가, 접시를 닦겠는가. 어느 날, 어머니가 생명줄을 놓았다. 참으로 안타까운 일이었다. 사람들은 어머니가 폐결핵으로 죽었다고 했지만, 내 의견은 다르다. 나는 아무래도 어머니가 속이 터져 죽었을 것 같다. 군의관인 아버지의 의견은 또 다를 것이다. 우리는 침묵했고, 한 가지 기술을 더 습득했다. 어떤 극한 상황에서도 표정을 짓지 않을 것.

내 나이 열넷, 어머니의 뒤를 이어 누이가 죽었다. 사람들은 누이가 폐결핵으로 죽었다고 했지만, 나는 그 말을 믿지 않았다. 누이는 아마 가슴이 터져 죽었을 것이다. 엄마 노릇은 소꿉놀이를 할 때나 흥미로운 것이다. 아버지는 집 안의 조도를 더욱 낮추고, 우리를 일렬로 세워놓고 결의를 다지기라도 하듯 굳은 빵을 나누어주었다. 동생들의 잇몸이 까매지고 있었지만 아무도 신경 쓰지 않았다. 이미 속이 새까맣게 탄 상태였기 때문이다. 나는 하루가 멀다 하고 몸이 아팠지만, 절대 아무 말도 하지 않았다. 아프다는 말을 입 밖에 내고 나면 진짜 아플 것만 같았다. 눈치 빠른 이모는 시간이 날 때마다 나를 껴안아주었다. 그럴 때마다 나는 온기를 뿌리치고 싶은 욕구를 떨칠 수가 없었다.

내 나이 열여덟, 나는 공업학교를 때려치우고 그림 공부란 것을 하고 있었다. 그림을 과연 공부할 수 있을까 하는 의구심이 들었지만, 나는 순순히 그들 말을 듣기로 했다. 표정을 짓지 않고 침묵하고 있으면 사람들은 대부분 그것을 긍정의 의미로 받아들였다. 경매에 작품을 내놓아서 운 좋게 26.5크로네를 벌기도 했다. 벌어들인 돈을 가지고 집 안의 전구를 밝은 것으로 갈아 끼웠다. 아버지와 동생들의 얼굴을 더욱 또렷이 볼 수 있었다. 그러나 그것은 그리 유쾌한 일이 아니었다. 아버지는 늙고 추했으며 동생들은 얼굴에 찌든 때를 더이상 감추지 못했다. 곁눈으로라도 그들을 볼 때마다 마음이 아팠다. 식구들은 모두 검댕이병에 걸린 것 같았다. 간밤에 모두들 잠든 틈을 타, 나는 전구를 예전 것으로 갈아 끼웠다. 식구들은 모두 둔하기 짝이 없어서 아무도 눈치채지 못했다. 우리는 예전처럼 다시 어둠에 익숙해졌다.

스무 살이 넘으면서 나는 본격적으로 그림을 그리기 시작했다. 어느 때인가는 누이를 생각하며 〈병든 아이〉를 그렸다. 나를 생각하며 그렸을 수도 있을 것이다. 어머니를 생각하며 그렸을지도 모른다. 세상을 향한 그림일 가능성도 있었다. 그러나 나는 나 자신에게마저 침묵했기 때문에 내가 정확히 무엇을 그렸는지 알 수 없었다. 몸이 아파서 허우적대는 날들이 늘어났다. 나는 이미 너무 커버려서 이모가 더이상 껴안아주지도 않았다. 예전에는 왜 그토록 온기를 거부했는지 이해할 수 없었다. 찬바람이 후회처럼 몸속으로 밀려들었다. 나는 껌벅이는 전구 아래서 홀로 까맣게 여물어갔다.

스물여섯, 나는 아버지마저 잃었다. 아버지는 군의관이었지만 정작 자신의 병명이 무엇인지는 알지 못했다. 나는 아버지가 울화통이 터져 죽었다고 결론지었다. 거멓게 시든 아버지의 주검을 바라보며 핑계 없는 무덤이 없다는 사실을 깨달았다. 식구들의 말수는 더욱더 적어지고, 서로의 얼굴을 쳐다보는 빈도 또한 줄이기 시작했다. 집에는 거울도 필요 없게 되었다. 우리는 형의 눈이나 누이의 입을 통해 우리가 어떻게 생겨 먹었는지 파악했다. 정이 필요했지만 집안에서 훈기가 빠져나간 건 벌써 몇년 전의 일이었다. 우리는 갈급증에 걸린 사람들처럼 창백해지고 피폐해졌다.

스물일곱이 되던 해, 나는 열병을 앓기 시작했다. 드디어 대놓고 아프게 된 것이다. 딱 들어맞은 예감처럼 병상에 줄곧 붙박여 있었다. 내 몸이 이렇게나 달아오를 수 있다는 사실이 놀라웠다. 이 달아오른 몸을 함께 나눌 사람이 없다는 게 쓸쓸하고 안타까웠다. 품이 그리웠다. 품 안에서 꾸던 꿈이 그리웠다. 사랑이 하고 싶었다. 때때로 남은 몇 명의 식구들이 다크 서클dark circle을 이루고 문병을 오기도 했다. 영락없는 저승사자의 몰골이었다. 식구들은 침묵으로 나를 위로해주었다. 그들이 구성한 원에서 온기가 뿜어져나오기만을 기다렸다. 그것은 이방인이 고향을 찾는 것만큼이나 기약 없는 일이었다.

어느새 서른한 살이 되어 있었다. 열병으로 얻은 열정 때문일까, 그동안 나는 빛을 누빌 기회를 제법 얻을 수 있었다. 어떤 그림들에는 스포트라이트가 쏟아지기도 했다. 빛을 싫어하는 식구들은 집 밖으로 한 발짝도 나오지 않았다. 화상이 크로네 다발을 두고 돌아갈 때까지 피부에 핀 검버섯처럼 제 방 침대에 꼼짝 않고 앉아만 있었다. 사람들이 나를 떠받들고 추어올리기 시작했지만 별다른 감흥이 없었다. 그들의 번드르르한 말에서 진심이 느껴지지 않았다. 자연스럽게 의심하는 기술을 체득하게 되었다. 어느 날엔 집 안의 전구를 바꿀까 하다가 그만두었다. 식구들이 더욱 움츠러들까봐 걱정되어서였다.

내 나이 서른셋, 남동생이 죽었다. 나는 더이상 놀라지도 않았다. 놀랄 힘도 없었다. 의사들은 폐렴 때문이라고 했지만 나는 그 말을 믿지 않았다. 남동생은 아마 얼굴이 터져서 죽었을 것이다. 시체 공시소의 직원들이 그를 떠메고 나가는 모습은 퍽 절망적이었다. 그것은 흡사 거대한 그림자 한 채가 밤을 거스르기 위해 공중부양하는 것처럼 보였다. 몇 되지도 않는 식구들이 입을 다문 채로 그 광경을 지켜보았다. 날이 급속도로 검기울고 있었다.

서른다섯 살이 되고, 나는 그동안 모아뒀던 돈으로 별장을 구입했다. 별장을 방문한 이모가 장하다며 나를 꼭 안아주었다. 성인이 된 이후에 처음 있는 일이었다. 이모의 손은 어느새 검은 빵처럼 딱딱해져 있었다. 마디마디마다 이물감이 느껴졌다. 나는 이모의 온기를 단박에 밀쳐냈다. 한

시라도 더 있다가는 재가 되어 바스라질 것만 같았다. 나는 이모를 쫓아내고 동생들에게 문 안으로 들어오지 말라고 명령했다. 별장은 홀로 춥고 쓸쓸해졌다.

서른다섯, 절규할 공간이 필요한 나이였다. 더이상 입을 다물고만 있을 수는 없었다. 창밖으로 크로네 다발을 흔드는 화상의 모습이 보였지만, 나는 문을 열어주지 않았다. 또다시 시금시금 신열이 올라오고 있었다. 나는 열을 떨쳐버리기 위해 있는 힘껏 고함을 질렀다. 심적 동요가 일어나는 것을 막기 위해 지금껏 침묵해왔지만, 아무 일도 없는 것처럼 또 하루를 견디다가는 내 몸이 터져버릴 것 같았다. 양손으로 싸맨 머리에서 강렬한 진동이 느껴졌다.

그 순간, 누군가의 입이 내 입을 틀어막았다. 아마도 어머니였을 것이다. 누이나 아버지일지도 몰랐다. 식사 시간을 제외하곤 열린 적이 없었던 남동생의 입일 가능성도 있었다. 지독히도 숨 막히던 순간이었다. 나는 누군가의 입에 대고 사정없이 비명을 질렀다. 그 비명은 누군가의 식도를 타고 흘러들어갔다가 다시 내게로 되돌아왔다. 혀가 아리고 목젖이 타들어갔다. 머리가 몽롱해져서 의심을 할 엄두조차 내지 못했다. 내 몸에서 묵직한 뭔가가 빠져나가는 것만 같았다. 한참 후 눈을 뜨고 나니 누군가는

이미 사라지고 없었다. 어둠을 껴입은 채로 오직 나만이 폭풍 전야처럼 우
뚝 서 있었다.

Edvard Munch *1863-1944*

뭉크는 개개의 작품과 자신의 감정을 분리하는 방법을 알지 못했다. 그래서 그는 작품 속에 특정 감정을 투영한다기보다는 그야말로 왈칵 쏟아내는 편이었다. 또한 뭉크는 칠흑이 가져다주는 전율에 대해서도 잘 알고 있었다. 그에게 개개의 색채는 감정을 고양시키거나 억제하는 데 있어 필수적인 요소에 다름 아니었다. 그는 어떤 색채와 어떤 색채가 조화를 이루는지, 어떤 경우에 색채들끼리 서로 충돌을 일으키는지 잘 알고 있었다. 뭉크에게 색채는 "캔버스 위에 옮겨졌을 때에야 비로소 놀랄 만한 삶을 살기 시작"하는 것이었다. 일전에 그는 다음과 같이 말했다. "내가 기억하는 한, 나는 내가 작품 속에서 표현하고자 했던 깊은 불안으로 고통 받아왔다." 그의 작품들이 하나같이 다 기묘하게 꿈틀대는 것도 다 이 때문이었다. 〈키스〉를 그릴 때 그는 사방을 어둡게 만드는 데 혈안이 되어 있었다. 키스가 자신의 감정에 반反하는 행위임을 그는 누구보다 잘 알고 있었다. 결국 블랙 속에 모든 것이 파묻히는 데는 그리 오랜 시간이 걸리지 않았다. 손가락만 움직여도 전율이 일어날 만반의 준비가 되어 있었다.

블랙 뉴스

다비드 시케이로스 〈절규의 메아리〉

David A. Siqueiros, *Echo of a Scream*

1937

●

당장이라도 폭우가 쏟아질 것 같은 하늘, 고철 더미가 사방에 널린 빙하 혹은 사막, 매캐한 연기가 쉬지 않고 재채기처럼 쏟아져나오는 공장, 그러니까 낮이 밤이 돼버려서 오늘과 내일을 구분하기가 불분명한 상황에 대해 얘기하겠습니다. 사람들이 눈을 뜨고 있는지 감고 있는지 알 수 없는 상황, 그림자가 잘려나갔는지 뒤를 돌아봐도 흔적조차 남지 않은 상황, 친구나 동지를 영영 잃어버린 것 같은 막막한 상황 말입니다. 우리는 자연스럽게 어둠을 떠올리고 누가 시키지도 않았는데 동굴 속으로 기어들어가는 상상을 하게 되지요. 땅이라도 파서 숨고 싶지만 검은 흙들은 너무 단단하게 굳어버렸습니다. 아무런 소리도 들리지 않습니다. 승냥이의 울음소리마저 세레나데처럼 들릴 것 같은 날씨입니다. 말굽자석을 들고 서 있으면 온갖 쇠붙이들이 사정없이 내게 달려들지도 모릅니다. 뱃가죽을 부여잡고서 있는 힘껏 소리를 질러봅니다. 하늘이 터지도록, 산이 흔들리도록, 들이 휩쓸리도록. 누가 과연 내 얘기를 들어줄까요. 누가 과연 터진 울음을 꿰매줄 수 있을까요. 이 무시무시한 상황은 금방이라도 내 몸을 집어삼킬 것 같은데.

» 새까맣게 목 놓아 울다 «

블랙 코미디, 슬랙 인터뷰Black Comedy, Slack Interview

> 인터뷰하기에는 너무 어두운가요? 일행 중 한 명이 불씨를 구하러 갔으니 곧 돌아올 겁니다.

» 걱정 마십시오. 이미 어둠에는 길들여질 대로 길들여진 상태입니다. 지금 이 상황에서 눈을 마주치고 얘기하는 게 대체 무슨 소용이 있겠습니까.

> 그래도 명색이 인터뷰잖아요. 얼굴을 맞대고 감정을 교환할 필요가 있지 않겠습니까. 대관절 무엇이 당신을 그렇게 염세적으로 만들었는지 궁금하네요.

» 저는 염세적이지 않습니다. 단지 이 상황에서 누구의 낯을 볼 엄두가 나지 않는다는 겁니다. 온갖 편견으로 검게 얼룩져 있는 상황에서는 그저 스스로 불을 꺼버리는 게 능사입니다.

> 너무 소극적이라는 생각이 들지 않나요? 어둠이라는 게 그렇게 부정적이지만은 않을 텐데요. 빛이 밝게 타오를 수 있는 것도 다 어둠 덕택이잖아요.

» 제 말이 바로 그겁니다. 바꾸어 얘기하면, 우리는 이미 틀에 박힌 역할을 어둠에 강요하고 있다는 것이지요. 어둠을 떠올릴 때마다 싸늘함과

스산함이 온몸을 휘감는 게 느껴지는 것처럼 말이죠. 이처럼 언어는 이미 오염되어버린 상태입니다. 이미지 역시 오만과 편견에서 자유로울 수 없고요.

　> 우리의 편견은 어디서 시작되었을까요.

　» 이를테면 모든 것은 블랙에서 비롯되었습니다. 정확히 말하자면, 블랙이란 말이 지닌 전통적 의미로부터 시작되었죠. 아래의 사전적 정의를 좀 살펴볼까요. 블랙이란 단어는 악이나 불행, 오염 등 거의 대부분 부정적인 의미로 사용되고 있잖아요.

───〜〜〜〜〜〜〜〜〜───

black [blæk] a.

1A 검은, 흑색의(opp. white)

(NOTE) 악마를 검게 나타내는 등, 검은 빛깔은 「불길, 죽음, 패배, 위반」 등 악을 상징함.

B 【카드】 흑의

C 〈얼굴이〉 암자색의

2 암흑의, 아주 어두운, 구석의

3 〈손·옷 등이〉 (더러워져) 오염된, 더러운

4 피부가 검은, 흑인의, 흑인종의

5 검은 옷을 입은

6 비관적인, 암담한(gloomy)

7 불길한, 흉조의

8A 〈극 등이〉 병적으로 이상한

B 악마에 관한, 악마에 관계된

9 속이 검은, 흉악한

10 불명예스러운

11 〈지역 등이〉 불행을 입은

12 〈커피가〉 블랙의

13 【회계】 흑자의

14 〈검사 · 깃발 등이〉 위험성을 나타내는, 곤란한

15 부정한, 비합법적인

16 (의도적으로) 엉터리인

17 《구어》 전적인, 순전한

18 〈일 · 제품 등이〉 보이콧 대상의

19 미완성의

20 【군사】 비밀의

> 무슨 말인지 잘 알겠습니다. 그나저나 이미지 얘기가 나와서 말인데요, 언어에 드리운 편견을 이미지가 해결해줄 수도 있지 않을까요. 예를 들어볼까요. 우리가 '동굴'이라고 발음할 때, 일반적으로 우리는 동굴이라는 단어 그 자체에 반응하기보다는 동굴의 이미지를 통해 동굴을 인식하잖아요.

» 그렇지만 말입니다. 이렇게 한번 생각해보죠. 그 이미지들은 다 어디서 왔을까요. 경험이라는 말로 넓게 테두리를 지어보도록 하죠. 그럼 그 경험들은 다 어디에서 왔을까요. 실제로 동굴에 방문을 한 사람들도 있을 테고 책이나 영화, 그림을 통해 동굴을 파악하는 사람들도 있을 겁니다. 모르긴 몰라도 후자 쪽의 비율이 더 높을 듯싶네요. 그럼에도 우리가 끊임없이 텍스트에 담아왔던 '동굴'에 대한 묘사와 비유가 어떨 거라고 생각하십니까. 우리는 타인의 입을 통해 동굴을 접해왔던 겁니다. 따라서 시간이 흐르면 흐를수록 동굴은 까맣고 음침한 공간이 되고, 박쥐나 유령이 언제든 달려들지 모르는 무시무시한 세계로 고착되어버리는 겁니다. 동굴 속에는 보물도 있을 수 있고 길을 잃은 카나리아가 노래를 부르며 희망을 키워갈 수도 있는데 말입니다.

> 그러나 툭 터놓고 말해서, 당신의 그림에 드리운 블랙의 기운도 그다지 긍정적으로 보이지는 않는데요?

» 오히려 나는 블랙을 토해냄으로써, 블랙이 지닌 편견을 뒤집으려 했

습니다. 막말로 모든 것을 까맣게 떡칠하는 것이지요. 제가 멕시코인이라서 까만 아이를 그렸겠습니까. 아무것도 모르는 사람들이 흔히 오해하는 부분이더군요. 울고 있는 아이가 단지 하얗지 않다는 이유로 말입니다. 왜 검은색은 대문자가 될 수 없죠? 왜 흑인이나 라티노, 황인들은 대표성을 띌 수 없느냐는 겁니다. 그럴 바에야 나의 그림은 차라리 더욱 까매지고 더욱 어두워지고 더욱 아득해지는 게 나을 것 같다는 생각이 들었습니다.

　> 블랙의 기운이 너무 넘쳐서 어떤 면에선 선정적이고 도발적이라는 생각이 들었습니다.

　» 나는 대중을 상대하는 사람입니다. 내 그림을 보는 사람들은 농민이나 노동자 등 대부분 정규 교육을 제대로 받지 못한 사람들입니다. 와인을 손에 들고 그림을 찬찬히 음미하며 아는 척을 하는 사람들이 아니죠. 그들은 그림 속에 감추어진 상징에 대해 파악하고 의미를 부여하는 데 그다지 소질이 없는 사람들이죠. 오히려 그들은 눈을 믿고 귀에 의지하며 손가락으로 길을 내는 정직한 종족입니다. 따라서 그들에게 가장 적합한 접근법은 다름 아닌 정공법인 셈이죠.

　> 제목에서도 알 수 있듯, 그림을 보면 절벽 끝에 도달한 어떤 이의 마지막 포효가 느껴집니다. 그것이 생존을 위한 것인지, 자유를 위한 것인지는 알 수 없지만

말입니다. 여기저기 널린 고철들이 금방이라도 폐부를 찌를 것처럼 다가오는데요. 상황을 이렇게까지 절망적으로 만들 필요가 있었을까요. 강렬한 인상을 주는 것이 비극을 더욱 슬프고 암담하게 만드는 것은 아니지 않습니까.

   » 저는 세련을 제련하는 법을 모릅니다. 그저 처해진 상황에 깊숙이 투신할 줄만 알지요. 이 그림이 도발적인 것은 작금의 상황 자체가 도발을 유도하는 측면이 있다는 것을 여실히 보여주는 것이고요. 민중의 부르짖음이 하얗거나 노랗다면, 차라리 꽃을 게우거나 나비를 토해내는 것으로 방향을 설정했겠지요. 그러나 살고 싶다는 외침이 과연 소박하고 아름답기만 할 수 있을까요. 그들에게 생을 이어가는 것은 취미나 기호가 아니라, 전부입니다. 그것은 끝에 다다르면 다다를수록 더더욱 타협하면 안 되는 부분입니다. 저는 오로지 이 사실만을 염두에 두었습니다.

   › 얼굴만 있는 아이의 입에서 아이가 나오는 부분이 특히 인상적입니다.

   » 네, 말씀하신 대로 아이가 아이를 토해내고 있습니다. 핏덩이가 핏덩이를 토해내고 있는 것이지요. 구석에 숨어 숨죽인 채 딸꾹질만 하고 있을 수는 없지 않습니까. 뭣도 모르는 아이조차 말입니다. 우리는 울어야 합니다. 울 수밖에 없습니다. 아이의 입을 빌려서든, 노인의 입을 빌려서든, 천사나 요정의 입을 빌려서든 말입니다. 그 대상이 아이인 이유는 태어나면서 비극이 시작된다는 것을 알리고 싶었던 것이죠. 그 아이의 몸이

잘리고 얼굴이 닳아 없어져도 입만 남을 때까지 우리는 울어야 합니다. 입이 없어지면 주머니라도 꺼내서, 꽃봉오리라도 벌려서 울어야 합니다. 비극의 대물림이 끝날 때까지, 부패의 체인이 끊길 때까지, 언제까지고 이런 울부짖음은 계속되어야 하겠지요.

　› 혁명은 왜 이다지도 고달파야만 하는 걸까요.
　» 그게 혁명이 제값을 찾는 유일한 방법입니다.

　› 끝으로 절규를 함께 외친 사람들, 절규를 듣거나 들을 사람들, 정작 절규를 들어야 하는데도 그것을 자꾸 회피하는 사람들에게 한 말씀.
　» 철창 밖으로 까맣게 부르튼 손을 내밀 때, 피가 거꾸로 솟는 기분을 아십니까. 하얀 마스크를 뒤집어쓴 채 소통을 거부하는 저 느글느글한 표정을 좀 보십시오. 우리의 입은 아직 살아 있다는 것을 명심하십시오. 우리는 고철 더미에 퍼더버리고 앉아 계속해서 울 것입니다. 사명처럼, 운명처럼, 숙명처럼 울 예정입니다. 너무 멀리 있어서, 혹은 관심이 없어서 절규를 듣지 못했다고요? 그렇다면 다시 귀 기울이십시오. 메아리가 자기를 좀 알아달라며 이렇게 산을 쩌렁쩌렁 울리고 있지 않습니까.

David A. Siqueiros *1896-1974*

시케이로스에겐 언제나 해야 할 책무가 쌓여 있었지만 한 시도 그림을 그리는 걸 게을리한 적은 없었다. 그에게 있어 그림은 소통의 방식을 넘어 저항의 도구이자 계몽운동의 시발점이었다. 또한 그는 "어리석은 친구보다 영리한 적"을 선택할 만큼 특유의 강단을 지니고 있었다. 〈절규의 메아리〉를 그릴 때도 이 원칙은 그대로 적용되었다. 그는 굳이 숯검정을 만들지 않아도 더 어둡게 그리는 법을 그 누구보다 잘 알고 있었다. 검은 물감을 공들여 바를 필요도 없었다. 그의 의도를 표현하는 데에는 자동차 도료로도 충분했다. 마음을 그대로 내비치기, 그리고 피부로 이야기하기. 그림이 완성되고 시케이로스는 "근로자 계급the masses"을 대표하여 까맣게 울부짖었다. 녹이 막 슬기 시작한 고철들도 따라 울었다. 블랙은 곧 블루보다 우울해지고 화이트보다 한층 더 무구無垢해졌다.

28

바퀴는 구르고 싶다

알렉산드르 로드첸코 〈검은색 위의 검은색〉

Alexander Rodchenko, *Black on Black*

1918

블랙은 둥그렇게 몸을 말아 추처럼 딴딴해집니다. 석면으로 이루어진 돌개바람이 되어 하늘을 향해 맹렬히 진격합니다. 저 멀리 망자들의 비명이 들리기 시작하는군요. 치밀하게 계획된 비명은 언제 들어도 섬뜩합니다.

» 블랙 다이빙 «

지구가 둥글다는 사실을 알고 나서부터, 나는 당연히 하늘도 둥글다고 생각하게 되었다. 지구는 둥근데 하늘이 편평하다면 어딘가는 빛을 덜 받을 테고, 그렇다면 그곳에 사는 사람들은 종일 어둑어둑한 상황에서 생활해야 하지 않는가 말이다. 그런 곳에도 여기와 마찬가지로 24시간이 존재한다고 말할 수 있을까? 어쩌면 밤이 16시간이고 낮이 8시간일지도 모르지. 별을 헤며 소풍을 가는 아이들도 있을 거야. 거리에는 가로등이 더 많이 세워질 테고. 이러한 생각은 도무지 끝날 줄을 몰랐다. 아침 뒤에 점심이 오고 점심 뒤에 저녁, 저녁 뒤에 긴 밤이 찾아오는 것처럼 말이다.

한참 후에 나는 이보다 훨씬 더 불합리하고 불공평한 일들에 대해 듣게 되었다. 그것들은 하나같이 내가 어찌할 수 없는 성격의 문제들이었다. 거기에 비하면 하늘이 둥글다, 혹은 둥글어야 한다는 문제는 그다지 중요한 것도 아니었다. 당장 먹고사는 일도 제대로 해결하지 못하는 사람들은 하늘이 둥글든 말든 항상 밤에 사는 것과 마찬가지란 사실을 알게 되었다. 하지만 그들을 동정하려는 찰나, 나는 그들과 비슷한 상황에 처하게 된 나 자신을 발견할 수 있었다.

깜깜하다는 게 바로 이런 거구나! 나의 깨달음은 그러나 누구의 동정도 받을 수 없었다. 갑작스레 닥친 이 암흑기는 마치 자처해서 얻은 것 같았다. 두 손을 모으고 하늘을 올려다보는 일이 점점 늘어났다. 빛줄기가 언제 새나올지 알 수 없었다. 그러나 내 바람과 달리 하늘은 하루가 멀다하고 어두워져만 갔다. 참다못한 달이 제 몸을 찢어 별들을 낳았지만, 별들은 어미 없이 자라지 못하고 훌쩍훌쩍 울기만 했다. 모든 별들이 총기를 잃었기 때문에 천문대에서조차 더이상 별의 절대등급을 매기지 않았다.

얼마 지나지 않아 나는 밤과 부쩍 친숙해졌다. 어느 때 보면 하늘은 둥글었지만 또 어느 때 보면 그렇지 않은 것도 같았다. 어느 날엔 우산을 쓰고 천정天頂에까지 날아가는 꿈을 꾸었다. 궁륭穹窿 모양의 표면을 만지며 나는 환호했다. 역시나 하늘은 둥글구나! 혜성 하나가 내 옆에서 급속도로 떨어지고 있었다. 그는 자신의 이름을 핼리라고 소개했다. 나는 핼리의 꼬리를 붙잡고 땅을 향해 고속 비행을 했다. 타임머신을 탄 것 같은 기분이 들었다. 앞으로 벌어질 일들이 눈에 보이는 듯도 했다. "이것들을 메모해야 해!" 내가 소리치자, "그래도 세상은 둥글게 살아야 해!" 핼리가 우렁찬 소리로 응답해주었다. 퍽 희망적인 문구였다. 나를 땅에 데려다준 핼리는 꼬리를 급히 감추고 내게 손을 흔들었다. 그리고 거짓말처럼 순식간에 백억 광년만큼 아득해졌다.

고속 비행중에 했던 메모들

메모 1

종일 컴퍼스와 자를 가지고 놀았다. 놀았다는 말을 하니 주위 사람들이 농을 던진다. 그들은 지나친 엄숙주의에 사로잡혀 있다. 놀았다는 것은 내가 이 작업을 그만큼 즐겼다는 것인데, 이런 말을 할 때마다 그들은 내프로 의식을 의심한다. 그들의 경멸에 찬 눈초리를 떠올리면 슬몃슬몃 화가 치밀기도 한다. 그러나 아직까지는 버틸 만하다. 나는 내 신념을 굳게 믿는다. 이미 굳게 믿고 있는 것을 또 한 차례 굳게 믿는 것. 나는 뼛속까지 단단하고 내 실천은 더욱 단단할 것이다. 감히 의심하지 말라.

메모 2

종이비행기를 날리는데 문득 삼각형은 불공평하다는 생각이 든다. 뾰족한 모서리가 지닌 방향성이 나는 마음에 들지 않는다. 어딘가로 뻗어 있다는 건 그만큼 편견에 휩싸이기 쉬운 것이다. 동료 중 누군가가 정삼각형이 있다고 알려주었다. 그러나 사방으로 뻗어나가는 세 개의 날에는 욕심이 잔뜩 발려 있을 것이다. 그 맛은? 떠올리기 싫다. 엄청나게 쓰고 검질기겠지.

메모 3

흰색과 점점 멀어지고 있다. 사람들은 색에 편견을 집어넣기를 좋아한다. 흰색은 어느새 순수한 것을 대변하는 색이 되지 않았는가. 사람들이 부여하는 가치 때문에 생활의 많은 부분들이 변화하였다. 이를테면, 의사와 간호사의 복장이 하얗게 변하고 흰색 기를 펄럭이는 게 휴전의 신호가 되지 않았는가. 그렇다고 흰색이 봉사와 평화를 대표한다고 말할 수 있을까?

화가들의 역할은 사람들이 사로잡힌 위와 같은 편견을 까부수는 것이라고 생각한다. 물론 기존의 가치에 적응하고 그에 맞춰 그림을 그리는 자들도 있을 것이다. 승천하는 천사가 하얀 옷을 입는 이유는 천사가 천생 흰색을 좋아해서가 절대 아니다. 그것은 어디까지나 화가의 입맛, 그리고 시대의 입맛. 입맛을 잘 맞추고 간을 기가 막히게 보는 예술가들은 언제든 있어왔다. 그렇다면 나는 빵점짜리 요리사가 되겠다. 그러려면 뭔가가 더 필요하다. 레시피 이상의 시크릿을 제조해야 한다.

메모 4

　아는 사람 부탁으로 억지로 그림 몇 점을 그렸다. 기분이 몹시 언짢다. 마치 유당 분해가 되지 않는데, 좋아한다는 이유로 우유를 벌컥벌컥 들이켜는 기분이다. 더이상 변기통을 붙잡고 낑낑대기는 싫다. 지금으로선 고향으로 돌아가야 한다는 생각뿐이다. 가만히 웅크리고만 앉아 있어도 편한 공간이 있다. 사람들은 누구나 아지트를 만드는 습성을 가지고 있다. 어릴 적에는 그곳이 다락에 있던 동그란 테이블 밑이었는데.

메모 5

　말레비치가 그린 〈흰색 위의 흰색〉을 보았다. 그에 상응하는 그림을 그려야겠다. 나는 〈검은색 위의 검은색〉을 그릴 것이다. 그의 화이트가 일반적인 화이트가 아니듯, 나의 블랙 역시 일반적인 블랙이 아니어야 한다. 말레비치는 캔버스 위에 하얀 사각형 두 개를 띄웠다. 그것은 마치 SOS 신호처럼 절박해 보인다. 캔버스 위에 놓일 나의 원은 더 큰 비명을 질러야 한다. 그래야만 한다.

메모 6

어떤 순간은 완전하거나 완벽하다. 요컨대, 깨달음보다는 감동이 먼저 달려드는 순간들. 동경하는 누군가의 양 입술이 막 떨어졌을 때. 비행기의 숨겨진 바퀴가 모습을 드러낼 때. 으스름달이 구름의 포로가 되었을 때. 믹서의 날이 갈리기 시작할 때. 검은콩과 검은깨가 회반죽처럼 짓이겨질 때. 부스러기들이 회오리처럼 급부상했다가 이내 가라앉을 때.

메모 7

말레비치가 남극에 가면 나는 북극에 갈 것이다. 말레비치가 적도에 간다면? 그래도 나는 북극에 가겠지. 나의 계획은 여간해서는 바뀌지 않는다.

메모 8

모든 그림은 멈춰 있지만, 개중 어떤 그림은 스스로 약동한다. 여기서 저기로, 어제에서 오늘로. 더 무시무시한 그림은 시대를 거슬러오르기도 한다. 끝까지 간다.

메모 9

오늘은 컴퍼스로 까만 원을 그렸다. 컴퍼스를 이리 쪼개고 저리 쪼개서 갈고리를 만들었다. 원 안에 또다른 원을 그리고 그것을 쪼개 다시 또 하나의 갈고리를 만들었다. 바퀴 모양의 그림이 완성되었다. 이 그림에는 추진하는 힘은 있지만 정지하는 힘은 없다. 액셀러레이터는 있지만 브레이크는 없다. 이제 헬리를 찾으러 가자.

메모 10

바퀴는 구르고 싶다. 타이어는 스키드 마크를 내며 이 세계를 횡단하고 싶다. 자신의 살갗이 다 벗겨질 때까지, 이따금 끼익끼익 재채기를 하기도 하면서. 까만 바퀴는 모노크롬처럼 영원히 빛바래지 않을 것이다. 불공평해도 이것만큼은 신도 어찌할 수 없다.

Alexander Rodchenko *1891-1956*

로드첸코는 "새로운 사물들은 개개 사물의 완전한 인상을 제공하기 위해 색다른 관점에서 묘사되어야 한다"고 생각했다. 전혀 기대하지 않는 시각을 가져야만 새로운 영토를 제대로 바라볼 수 있기 때문이었다. 그는 커다란 원형극장에 블랙을 풀고 그 구획을 나눈 뒤, 마치 티스푼으로 커피를 젓듯이 블랙을 인접 컬러와 섞기 시작했다. "열쇠구멍을 통해 사물을 보고 또 보는 것보다 사방에서 음미"하는 게 낫다는 생각을 그는 떨칠 수가 없었다. 이런 로드첸코에게 블랙은 새로운 영토의 토양과도 같은 것이었다. 이 토양 위에서 로드첸코는 자신의 실력을 유감없이 발휘하기 시작했다. 그것은 절대적으로 친숙함을 배제하는 것, 그러면서 새로운 세계에 창을 낼 것. 〈검은색 위의 검은색〉은 그 창과도 마찬가지였다. 블랙 위에는 블랙만 있는 게 아니라 로드첸코의 원대한 꿈 또한 놓여 있었다.

디자이너 모놀로그

제임스 휘슬러 〈회색과 검은색의 편곡, 화가의 어머니〉

James A. M. Whistler,

Arrangement en gris et noir no 1,
ou la mère de l'artiste

1871

블랙은 단정해요. 우리는 블랙을 입고, 신고, 끼고 출근을 해요. 날씨에 따라 블랙을 쓰기도 하죠. 부모가 없는 아이들도 블랙을 입어요. 재미있는 사실은 마녀들과 정숙한 여인들도 똑같이 블랙을 입는다는 점이에요. 블랙은 만국 공통어지만, 그 뜻이 지방마다 다르다는 특색도 있어요. 우리는 블랙을 입고 예배를 보고 누군가와 지킬 수 없는 평생의 언약을 해요. 우리는 블랙을 입고 죽은 이들을 추모하고 회사를 더 큰 회사에 팔아넘겨요. 그래서 월요일은 언제나 우울하지요 black monday. 갑작스레 바람이 불어와 쓰고 있던 블랙이 날아갑니다. 어제 새로 산 블랙이에요. 팔을 뻗다가 블랙이 내 몸에서 떠나는 것을 망망연히 지켜봅니다. 문득 내 몸에 걸치고 있는 모든 블랙들이 경멸스러워져요. 온몸에 까만 반점들이 돋아나기 시작해요. 그래요, 누가 뭐래도 지금은 바야흐로 발아할 때.

» 무채색 몰래 스르르 «

(막이 열린다. 무대 위에는 검은 옷을 입은 한 여인이 의자에 앉아 있다. 더할 나위 없이 단정한 자세다. 여인은 두 손을 무릎 위에 모으고 어딘가를 빤히 응시하고 있다. 입은 굳게 다문 상태다. 여인은 마치 지난 몇 년 동안 단 한 번도 입술을 떼지 않은 것처럼 보인다. 묵언수행을 하는 사람처럼 여인은 꼿꼿하고 엄격하게 앉아 있다. 단지 그렇게 있을 수밖에 없다는 듯이.)

여인: (입을 열고 나직이) 아!

(환한 조명이 여인을 비춘다. 그러나 여인은 여전히 어둡다. 지금으로선 그 어떤 것도 여인의 옷을 빛나게 하지 못한다.)

여인: (아까보다 입을 약간 더 벌려) 아!

(더 환한 조명이 여인을 비춘다. 그러나 여인은 검은 화폭 속에서 걸어나올 생각을 하지 않는다. 여인은 여간해서는 일어나지 않을 것처럼 보

인다. 따라서 지금은 아무리 높은 조도도 여인을 눈부시게 하지 못한다.)

여인: (겨우 힘을 내어) 아!

(검은 커튼이 여인 쪽으로 미끄러져 들어온다. 조명이 꺼진다. 여인은 이제야 조금 편안한 듯 길게 심호흡을 내쉰다.)

여인: (입술을 꼬무락거리며) 아…… 내 남편은 토목기사예요. 뭐, 밖에 나가서 나무도 자르고 다리도 만들고 그러겠지요. 나는 남편이 돌아올 때까지 이렇게 앉아 있곤 해요. 나흘 동안 이렇게 앉아 있었던 적도 있어요. 오줌이 마려워도 참고, 똥이 마려워도 참았습니다. 까만 옷이 더 까매지기 시작했어요. 그러면 이상하게도 나는 더 정숙한 여자가 된 것 같은 느낌이 들었습니다. 엉덩이가 의자에 붙어버릴 즈음, 남편이 돌아오곤 했지요. 남편은 딱딱하게 굳은 손으로 나를 껴안아주었습니다. 그는 내 정숙한 자세를 맘에 들어했던 게 틀림없어요. 그런데 이상한 일은 남편의 손길이 전혀 따뜻하게 느껴지지 않았다는 겁니다. 나는 여전히 의자에 앉아 있고 싶었어요. 입술을 앙다문 채로 말예요. 그러나 나는 부인으로서 남편의 옷을 걸어주고 밥을 차려야 했죠. 내가 일어날 때마다 의자에서는 삐거덕 삐거덕 소리가 났습니다. 나는 울컥 화가 치밀어 계란을 바닥에 깨뜨리거

나 스튜를 태워먹기도 했지요.

(검은 커튼이 일렁이기 시작한다. 여인은 순간적으로 동요했지만, 겉으로 그것을 내색하지는 않는다. 지난 사십여 년간 홀로 갈고닦은 스킬이다.)

여인: (좀더 당찬 목소리로) 내 아들은 화가입니다. 꽤 멋진 그림들을 그리죠. 나는 아들이 자랑스러워요. 내가 이해하긴 힘들어도, 예술이란 게 다 그런 거잖아요. 딱 봤을 때 뭔지는 모르겠지만 왠지 심장이 꿈틀거리는 거. 등골이 서늘해지는 거. 내 아들 그림이 그래요. 이를테면 음악 같다는 거예요. 어떤 그림은 자장가 같고 또 어떤 그림은 광시곡 같죠. 얼마 전에는 대뜸 그러더라고요. "어머니를 그리려면 검은색 물감을 잔뜩 구해놔야겠는걸요?" 그게 칭찬인지 비웃음인지 알 길은 없지만 비웃음이면 또 어때요, 내 아들인데. 나는 다 이해할 수 있어요. 내 자궁으로 낳은 내 아들이에요. 단지 좀 무기력해지더라고요, 그 말을 딱 들었을 때. 거창하게 얘기하자면, 나는 그저 하나의 색깔로 표현되는 사람에 불과하지 않다는 거예요. 무미건조할 때도 있지만 울긋불긋할 때도 있답니다. 그러나 걔가 뭘 알겠어요. 나도 나를 잘 모르겠는데. 그런데 내 자식이 몇 명이었더라?

(회색 벽에 걸린 액자가 느닷없이 바닥에 툭 떨어진다. 여인은 액자 따위는 신경 쓰지 않는다는 듯 의자에서 일어나지 않는다.)

여인: (떨어진 액자를 바라보며) 방을 둘러보면 갑갑해요. 저 액자도 내가 걸었지만, 아무래도 지나치게 단정한 것 같아요. 사방이 다 그래요. 일탈의 여지라고는 눈곱만치도 보이지 않는 공간인 셈이지요. 멀쩡한 사람도 우리 집에 발을 들이면 병을 달고 나갈걸요. 그런데 오랫동안 이렇게 사니까 다른 방식을 생각할 수 없는 지경에 이르렀어요. 벽지를 밝은 톤으로 바꾸어볼까, 커튼에 약간의 화려한 장식을 달면 어떨까, 나도 왜 이런 생각들을 안 해봤겠어요. 다음에 하자, 다음에 하자, 차일피일 미루다보니 어느새 오늘이더라고요. 그러니까 결국 나부터가 문제지요. 이 검은 옷을 아직도 벗어버리지 못하고 있는데. 평생을 재투성이로 살아왔는데. 그나저나 내 이야기를 좀 제대로 해야 하는데…… 멍석 깔아주면 더 못 한다는 말이 맞긴 맞는 모양이네요. 쉬운 것부터 시작해보죠. 내 이름은, 그러니까……

(현관문을 노크하는 소리가 들린다. 여인은 미동도 하지 않는다. 들어올 사람이면 진작 알아서 들어왔을 것이다. 몇 번의 노크 끝에 밖에 있던 자가 체념한 듯 돌아가자, 여인은 아주 잠깐 희미한 미소를 짓는다. 독하

고 약간은 비열한 미소.)

　여인: 나는 바르게 자랐어요. 정확히 말하면 이 시대가 원하는 대로 자라났다는 말입니다. 뜨개질을 배우고 요리를 배우고 아내나 어머니가 지녀야 할 당연한 덕목들을 모두 깨우치는 데 처음 20년을 보냈습니다. 어찌 보면 평범한 삶이라고 할 수 있겠죠. 결혼을 하고 아이들을 몇 명쯤 낳고, 그 보답으로 나만의 의자를 하나 갖게 되었죠. 그때부터는 시간이 미친 듯이 흘러가더군요. 눈뜨니 아이들은 다 자라 있고 내 의자는 삐거덕거리고 남편의 머리는 새하얘졌어요. 벽지에 곰팡이가 번지고 커튼에서 안 좋은 냄새가 나고 혼자 밥을 먹는 횟수가 점점 늘어났습니다. 남는 시간을 어떻게 보낼지 고민할 때가 되었지만, 내겐 이미 그럴 만한 힘이 남아 있지 않았죠. 집에 있을 때면 항상 불을 끄고 지냈습니다. 내 모습을 바깥에 노출시키고 싶지 않았어요. 나는 나 자신을 바라볼 용기가 없어서 심지어 거울조차도 보지 않았습니다. 유일하게 세월의 흐름을 느낄 수 있는 기회는 남편의 주름을 보고 그의 흰머리를 족집게로 뽑아줄 때뿐이었습니다. 내 몸에 검버섯이 기생하고 있다는 생각이 들었지만, 애써 그 생각을 물리치려 노력했습니다. 정숙한 여인에게 검버섯은 도무지 어울리지 않잖아요. 목소리가 탁하게 갈라지기 시작하자 말하는 횟수도 현저히 줄어들게 되었죠. 혼자 있으면 그저 이런저런 상념에 젖어들었어요. 소심한 일탈이

라고 불러도 될까요? 내가 의자에 앉아서 어떤 음탕한 생각을 했을지 그 누가 과연 짐작이나 했겠어요? 불 꺼진 방에서 점점 빛바래가는 벽지를 쓰다듬으며, 나는 머릿속으로 온갖 것들을 떠올렸습니다. 그 세월은 이 검은 옷만큼이나 질기고 어두웠지요.

(여인은 조금 자신감이 생긴 듯, 곱게 모은 다리를 풀어헤친다. 왼다리를 오른다리 위에 걸친다. 다리를 꼬고 나니 조금 더 삐뚤어지고 싶은 생각이 든다. 의자에 딱 붙은 등을 앞쪽으로 기울이고 머리에 쓴 두건을 벗어던진다. 단정하게 쪽진 머리가 드러나고 검은 옷에 여러 갈래 주름이 진다.)

여인: 더이상 과거는 묻지 마세요. 아, 그러나 과거를 지우고 나면 내게 남는 것은 아무것도 없겠네요. 뼈 빠지게 고생을 했다고만 얘기해두지요. 어쩌면 지금은 뼈가 다 빠져서 자리에서 일어날 수 없는 것인지도 모릅니다. 제가 너무 능청스러운 건가요? 그러나 어쩌겠어요. 나는 너무 오랫동안 스스로를 어둠 속에 결박해두었었는데. 그 어둠 속에서 바닥 위에 내 몸을 그림자처럼 포개두었었는데. 그래서일까요. 숨길 것만 늘어나는 생활에 대해서 나는 누구보다 잘 알고 있습니다. 그러려면 무엇보다 스스로에게 매섭고 엄격해져야 했습니다. 어떤 오해와 의심에서도 자유로워지

려면 나는 나를 감싸고 있는 것들을 모두 없애버려야 했습니다. 꿈을 버리고 표정을 지우고 말을 아꼈습니다. 검은 옷을 입고 음침한 분위기에 몸을 맡기는 수밖에 없었습니다. 그러나……

(여인이 드디어 자리에서 일어난다. 그 서슬에 검은 의자가 뒤로 나동그라진다. 여인은 이에 아랑곳 않고 자신의 몸에 있는 검은 부분들을 풀어헤치기 시작한다. 옷에 있는 수백 개의 단추를 하나씩 끄르고 검은 구두를 휙 벗어던진다. 그녀는 대체 뭘 하려고 그러는 것일까. 설마 꿈을 꾸려는 것일까.)

여인: (방 안을 천천히 거닐며) 내게도 왜 꿈이 없었겠어요. 나는 그림을 그리고 싶었습니다. 글을 쓰고 싶었는지도 모르죠. 그런데 어찌 감히 내가 그리거나 쓸 수 있었겠어요. 나를 평생 떠나지 않은 부사는 다름아닌 '몰래'였습니다. 몰래 꿈을 품고 몰래 욕망하고 나의 꿈을 몰래 사랑했죠. 꿈이 발각될 위기에 처할 때마다 나는 몰래몰래 울며 잠들었습니다. 내 손재주를 아들이 물려받았는지도 몰라요. 나는 아들이 그린 그림을 보고 나 자신을 위안했어요. 이렇게 쪼글쪼글 늙어버린 나 자신을! 아들의 그림들 중 어떤 것은 에로틱한 분위기가 있어요. —내가 '에로틱'이라는 단어를 감히 입 밖에 내다니!— 나는 알고 있어요. 나도 알고 보면 내 아들

만큼 음흉한 구석이 있다는 것을요.

　　(여인은 남은 옷을 다 벗는다. 검은 옷 속에 저토록 하얀 살결이 숨겨져 있었다니, 자기 자신조차도 놀랄 일이다. 여인은 열 개의 발가락으로 방 안을 폴짝폴짝 뛰어다니며, 열 개의 손가락으로 열심히 벽지를 뜯어낸다. 스무 개의 가락들이 합주를 시작한다.)

　　여인: (70데시벨로) 사람이 안 하던 짓을 하면 죽는다는데 사실일까요? 그게 사실이든 아니든, 내 관은 내가 디자인할 겁니다. 토목기사인 남편이 난리를 치려나요? 아무렴 어때요. 그때 되면 회색과 검은색의 구성을 좀 탈피할 수도 있겠지요. 화가인 아들이 펄쩍 뛸 노릇인가요? 그러면 또 어때요. 나는 개의치 않고 내가 짠 관에 뚜벅뚜벅 걸어들어갈 거예요. 내 관 뚜껑은 내가 닫을 거예요. 그리고 아침이 될 때까지 나오지 않을 겁니다. 앉아 있는 것보단 누워 있는 편이 훨씬 편하겠지요. 은밀한 꿈을 좀 더 노골적으로 꿀 수도 있겠지요. 혹시라도 급한 일이 생기면 새벽 뻐꾸기의 울음으로 노크하세요.

　　(여인이 커튼을 걷는다. 커튼 뒤에 숨어 있던 빛들이 여인에게 쏟아지기 시작한다. 밀봉된 상자가 열리듯, 어마어마한 빛들이 여인을 휘감는

다. 여인은 창문에 비친 자신의 모습을 오랫동안 바라본다. 자신이 이렇게나 곱고 아름다웠다니! 여인은 머릿속으로만 그려왔던 몇 개의 포즈를 지어본다. 문득 모델이 된 것 같은 착각이 든다. 이 시간은 지난 몇십 년의 세월을 합친 것보다 더 길고 소중하게 느껴진다. 여인은 오랫동안 닫혀 있던 창문을 열고 어둠을 몰아내기 시작한다. 삐거덕삐거덕, 온갖 어둔 것들이 접질리는 소리가 들린다. 여인은 나풀나풀 춤을 추며 바깥이란 이름의 관 속으로 스르르 미끄러진다.)

James A. M. Whistler *1834-1903*

휘슬러는 언제나 보이는 것 이상을 추구하였다. 그는 현상을 모사하는 사람을 비판하며 다음과 같이 말했다. "자신의 앞에 놓인 나무나 꽃 등을 그리는 사람이 예술가라면, 예술가들 중 대표는 다름 아닌 사진가일 것이다. 예술가는 그 이상의 무언가를 해야만 한다." 그리고 '그 이상의 무언가'를 찾는 여정은 그를 뛰어난 예술가로 만들어주었다. 그는 언제나 "노동력이 아닌 통찰력"으로 평가받길 원했고, 이는 휘슬러 자신이 사람과 사물을 대하는 태도를 완전히 바꾸어놓았다. 초상화를 그리는 것도 마찬가지였다. 단순히 외양만 똑같이 그린다고 해서 더 잘 그린 초상화가 아니라는 게 휘슬러의 생각이었다. 초상화에는 그 사람의 성격을 비롯한 거의 모든 것이 담겨 있어야 하기 때문이다. 그가 "한 사람이 초상화와 닮기 위해서는 오랜 시간이 걸린다"고 말한 것도 비슷한 이유에서다. 〈회색과 검은색의 편곡, 화가의 어머니〉가 보여주는 완벽한 화음은 그가 작품 속에 거의 모든 것을 담아내는 데 성공했음을 입증하는 좋은 예라고 할 수 있다.

30

암흑의 가능성

잭슨 폴록 〈서쪽을 향해〉

Jackson Pollock, *Going West*

1935

●

블랙은 막막합니다. 무거운 커튼처럼 열기가 겁납니다. 뒤에 무엇이 있는지 도무지 가늠할 수가 없습니다. 두꺼운 껍질처럼 벗기기 두려워요. 아무리 용을 써도 손톱만 나가떨어질 것 같아요. 블랙은 절대 권력처럼 단단하고 불문율처럼 깨기 힘듭니다. 아무 생각 없이 블랙을 들추었다가는 곧바로 블랙리스트blacklist에 오를지도 몰라요. 블랙의 쓴맛을 단단히 본 혈기왕성한 젊은이들도 있어요. 그들은 블랙으로 잠을 쫓고 위안을 얻습니다. 매일매일 블랙에 의지하는 정도가 심해지지만 섣불리 그것을 끊을 수 없어요. 이를테면 커피에 들어간 블랙black coffee은 쓰지만 중독성이 강하고, 티에 들어간 블랙black tea은 전쟁●을 부르는 등 발효될수록 끈질긴 힘을 보여줍니다. 블랙은 캐면 캘수

●보스턴 차 사건과 미국 독립 전쟁.

록 해적기blackjack처럼 사연이 궁금해지고 흑사병black death처럼 끔찍했던 과거를 떠올리게 만듭니다. 블랙은 레드와 블루, 옐로를 사정없이 흡수합니다. 자신을 위해서라면 무서울 것도 없고 못할 것도 없습니다. 하얀 종이 위를 철마처럼 달리고픈 욕구도 있어요. 역사가 자기를 중심으로 쓰였으면 하는 강렬한 열망에 언제나 시달립니다. 이것들은 진실이기도 하고 거짓말이기도 해요. 지금까지 말한 모든 것들이 블랙 유머black humor였다면 섣불리 믿겠습니까?

» 블랙홀 바깥에는 검은 태양이 «

폴록은 올해 스물셋, 블랙잭의 럭키 넘버에서 점점 멀어지고 있는 중이었다. 그림을 그리겠다는 일념으로 뉴욕에 온 지도 어느덧 6년이 다 되어가고 있었다. 그는 자신의 재능을 누구보다 인정하면서도 그림을 그리고 나면 뭔가 개운치 않은 느낌 때문에 괴로웠다. 매번 그랬다. 부족한 것이 많을수록 욕심은 더 커졌다. 미술학교에서의 배움이 이 공허함을 해결해줄 수는 없었다. 캔버스 앞에 서기가 두려워지고 있었다. 그는 밤마다 술집에 가서 고래고래 소리를 지르며 고래처럼 술을 마셔댔다. 한 병이 두 병이 되고 그것이 한 궤짝, 두 궤짝이 되는 데는 그리 오랜 시간이 걸리지 않았다. 어쨌든 알코올을 섭취하면 그나마 좀 나았다. 무엇이 나은지는 알 수 없었다. 그런 것을 생각할 수 있을 만큼 정신은 맑지 않았고 이성은 진작 마비된 상태였기 때문이다.

혼미한 날들이 계속되었다. 스물셋의 나이, 폴록은 도가 지나칠 정도로 거칠어져 자기 자신조차 제어하지 못했다. 뉴욕 한복판을 취한 채로 가운뎃손가락처럼 걸어다녔다. 젊음은 푸르러야 마땅할진대, 자신의 삶에서는 좀체 푸른 낌새가 느껴지지 않았다. 매일매일 까만 모포를 뒤집어쓰고 잠이 들었다. 날이 어둑어둑해질 때쯤 일어나서 또다시 술집으로 출근하는 게 일상이라면 일상이었다. 불투명한 미래보다 블랙홀 같은 현실이 더 서글펐다. 자기 자신조차 믿지 못했으므로 그 누구도 신뢰할 수 없었다. 기회가 쫓아와도 도망가기에 바빴다. 타들어간 성냥 대가리만 보며 훅훅 한숨만 내뱉었다.

그는 자신이 변화해야 한다고 느꼈다. 그러나 그런 생각은 예술가라면 누구나 품을 수 있는 것이었다. 무기력을 호소할 데도 마땅히 없었다. 벽에 구멍이라도 뚫고 거기에 대고 피를 토하듯 소리치고 싶었다. 자기를 알리고 선전하고 자랑하고 싶었다. 무명의 예술가에게 젊음이라는 액세서리는 오히려 거북하기만 했다. 피카소의 화집을 보면 한숨이 나오고 시케이로스의 그림들을 보면 등골이 섬뜩해졌다. 나날이 재능에 대한 의구심만 커져갔다. 까만 하늘을 등지고 터벅터벅 집으로 돌아올 때면, 자신의 몸에서 풍기는 술 냄새 때문에 욕지기가 치밀었다. 별들이 간혹 희미하게 빛나기도 했지만 이러한 위로마저도 자신을 비웃는 것처럼 생각되었다. 폴록은 무작정 떠나기로 결심했다. 스페이드 에이스가 되어 당당히 돌아오고 싶었다. 무엇보다도 자기 자신이 스스로를 인정하고 싶었다. 스스로를 쾌치는 것 외에는 달리 방법이 없었다. 블랙홀에 뛰어들 시간이 가까워지고 있었다.

어디로 가야 할까. 질문을 던짐과 동시에 폴록은 답을 구할 수 있었다. 운명처럼 서쪽이 끌렸다. 해가 지고 밤이 찾아오는 곳. 그는 어둠을 뚫어야만 빛을 찾을 수 있다는 걸 잘 알고 있었다. 동쪽으로 가서 빛을 쉬 맞이할 수도 있었지만 폴록은 순순히 서쪽을 택했다. 어렵고 험난한 길을 피하기는 죽어도 싫었다. 마지막 남은 자존심이 이를 허락지 않았다. 듣자하니 서쪽에 도달하기 위해서는 일렬로 늘어선 검은 산을 여러 개 넘어야만 한다고 했다. 구불거리는 길이 끝도 없이 이어진다고도 했다. 몇 년이 걸릴지도 모를 일이었다. 그러나 가능성만 믿고 가야 했다. 무엇보다 암흑의 가능성을 긍정해야만 했다. 가능성이 없을 가능성마저도 믿고 의지하는 수밖에 없었다.

그는 짐을 싸고 노새들과 함께 산을 타넘기 시작했다. 해가 지는 방향으로 몸을 기울일 때마다 현기증에 시달렸다. 손이 부르트고 발이 닳았다. 어느 날 밤에는 뉴욕이 대공황에 시달리고 있다는 소식을 바람이 전해주었다. 폴록은 콜록콜록 기침을 하며 차가운 밤을 건너가고 있었다. 몇날 며칠이 흘렀는지 알 수 없었다. 사방이 어두워질 대로 어두워져 지금이 몇 시고 여기가 몇 시 방향인지조차 가늠할 수 없을 때까지, 그는 지독하게 걷고 또 걸었다. 마치 걷기 위해 태어난 사람처럼 그는 끊임없이 몸을 혹사시켰다. 지친 노새 몇 마리가 바닥에 쓰러졌지만 그는 이 여정을 그만둘 수 없었다. 서쪽으로 가는 것이 일생일대의 미션이라는 사실을 폴록은 깨닫고 있었다. 서쪽에 가까워지면 가까워질수록 이 믿음은 더욱 굳건해졌다.

그리고 어느 날 밤, 폴록은 기적처럼 서쪽에 도달했다. 누가 알려주지 않았지만 여기가 서쪽이라는 걸 누구보다도 잘 알 수 있었다. 의심할 여지도 없었다. 머릿속이 환해지고 기운이 솟아나는 게 느껴졌다. 노새들은 이미 다 죽고 없었다. 짐들 역시 버린 지 오래였다. 그는 그야말로 혈혈단신이었지만 하나도 외롭지 않았다. 폴록이 서쪽에 도달한 것을 축하라도 하듯, 이름 모를 별들이 폭죽처럼 쏟아지고 있었다. 폴록의 눈에는 유성우 쏟아지는 소리가 음악처럼 들렸다. 별들은 규칙도, 패턴도, 원리도 없이 마구 쏟아졌다. 마치 까만 캔버스 위에 물감이 쏟아지는 것 같았다. 쏟아진 별들은 서쪽의 어느 구역에 박혔겠지만 폴록에게 그 사실은 전혀 중요하지 않았다. 그는 스스로 몸을 내던진 별들이 자유롭게 떨어지는 과정만을 머릿속에 기록해두었다.

그는 서쪽에 자신만의 터를 마련하고 다시 붓을 집어들었다. 이제 무엇을 그려야 할지 알 것 같았다. 폴록은 자신이 자신만의 모티브를 쥐고 있음을 온몸으로 깨닫고 있었다. 캔버스처럼 갇힌 공간은 더이상 필요 없었다. 면이 있는 것은 뭐든지 그의 무대가 되었다. 그는 물감을 뿌리고 흘리고 쏟고 붓고 떨어뜨렸다. 물감이 신체의 리듬에 맞춰 유성우처럼 쏟아질 때 그는 난생처음 예술가로서 희열을 느꼈다. 완성된 작품을 보면서 탄식하던 과거의 일들이 우습게 느껴졌다. 그림을 그리는 바로 이 순간이 폴록에게는 가장 소중했다. 물감들이 서로 사랑하듯, 색들이 서로 사랑하듯,• 그는 붓을 놀리며 스스로 충만하고 위대해졌다. 그림을 그리는 과정이 작품의 경지에 이르고 행동 자체가 기법이 되는 순간이었다. 저 멀리 검은 태양이 스페이드 에이스처럼 떠오르고 있었다.

•멕시코 시인 옥타비오 파스의 말, "단어들도 서로 사랑한다"를 변형함.

Jackson Pollock *1912-1956*

"그림이란 무엇을 의미하는가?" 폴록은 한동안 이 질문에 사로잡혔다. 그는 '자기 자신'을 배제한 그림들, 달리 말해 '주제'에만 얽매인 그림들이 화단을 점령하고 있다고 느꼈다. 폴록은 자신만이라도 내부의 목소리에 귀 기울여야 한다고 느꼈다. "모든 좋은 화가들은 자기 자신을 그려야 한다"는 게 그의 생각이었다. 그림은 결국 자기 발견이기 때문이다. 〈서쪽을 향해〉를 그릴 때, 폴록은 어둠 속을 뚫고 지나가야만 진정한 자기 자신을 비출 거울이 나타날 것 같았다. 그는 "그림에도 고유의 삶이 있고, 나는 그것이 끝까지 진행될 수 있도록 노력해야 한다"는 자신의 변함없는 소신을 블랙 위에 새기기 시작했다. 어두컴컴한 한밤중에 한 줄기 빛을 품고 서쪽을 향해 가는 사람처럼 그는 뚜벅뚜벅 블랙을 타넘었다. 사방이 어두웠지만, 폴록의 가슴속은 그 누구보다도 활활 타올랐다.

–
Recommendations

1

허 수 경 (시인)

이 책을 사실 때 주의할 점:

1. 물론 이 책은 색과 빛과 그림과 사랑에 대한 책입니다. 하지만 그것만이 다가 아닙니다.
2. 만일 당신이 그렇게 생각하고 이 책을 집어들었다면 아주 위험한 일을 한 겁니다. 왜냐구요?
3. 이 책에는 폭발물질이 내장되어 있습니다.
4. 그 폭발물질이 당신의 감성과 아름다움과 사랑에 대한 열망과 결합할 때,
5. 그때 일어날 불꽃 축제에 관하여 이 책을 지은 오은에게는 아무 책임이 없습니다. 다만 아름다운 것들 앞에서 치열하게 웃고 울다가 드디어 쓸쓸해진 죄밖에는.
6. 당신에게도 아무 책임이 없습니다. 다만 오래 이런 책을 보고 싶어 한 당신의 기다림에 책임이 있다면 있을 뿐.

2

정우열(만화가·일러스트레이터) www.olddog.kr

예술을 이해하는 데 있어서 일정한 지식과 훈련은 분명 도움을 준다. 하지만 지식이 종종 예술을 향유하는 걸 방해하곤 한다는 사실도 마냥 부정할 수는 없을 것 같다. 이를테면 알랭 드 보통을 읽기 전에 한 번도 에드워드 호퍼에 대해 생각해본 적이 없었던 나는, 보통을 읽은 이후 호퍼의 그림을 볼 때면 자동적으로 그의 눈을 빌어 왔다. 아니, 실은 나도 모르게 그러고 있었다는 걸 오은의 이 해괴한 글을 읽다가 문득 깨달았다. 그의 글을 감히 해괴하다고 말하는 건 내가 과문한 탓이겠지만, 도무지 일정한 규칙이나 목표를 가늠할 수가 없어서인 것 같다. 사랑에 달뜬 소년인가 싶으면 우주의 이치를 달관한 현자가 되었으며, 갑자기 모든 걸 냉소하고 저주하는 염세주의자가 되어 달아나버리는 것이었다. 어떤 글은 책상을 탁 치며 공감했다가도 다른 글에서는 내가 뭘 잘못 읽었나 싶어 몇 번이고 앞으로 되돌아가기도 했다. 어리석은 내게 그가 말했다. "단일한 것을 거부하는 운명에 대해 알고 있습니까?" 이미지에 드리운 편견을 언어가 해결해줄 수 있을까? 어쩌면. 서른 점의 그림을 멋대로 분류하고 자신의 언어로 마구 휘젓고 다니는 이 책을 나는 '회화 감상 매뉴얼―근미래 버전'이라고 부르고 싶어졌다. 역시 근미래인 만큼 구식 매뉴얼과는 다르다. 매뉴얼 안에 적힌 건 설명문이 아니라 예문이다. 미술관에서 늘 패배했던 나는 숙련된 조교의 시범을 보고 고무되었다. 돌아오는 마감이 끝나면 시립미술관에 가야겠다.

3

김혜리 (『씨네21』 기자)

    첼리스트 요요마가 무용가, 건축가 등 다른 장르 예술가들과 공동 작업으로 바흐 음악을 표현한 TV 프로그램을 넋 놓고 구경한 적이 있다. 각기 이방의 '언어'를 쓰는 아티스트들은 바흐 음악이 던진 감흥을 자신의 양식으로 재축조함으로써 바흐를 해설하고 있었다. 그것은, 사랑을 고백하는 최선의 방식으로 보이기도 했다. 오은의 『너랑 나랑 노랑』 역시 동일한 충동이 낳은 책이다. 오은의 헌정 대상은 색채다. 노랑은 노랗다. 빨강은 빨갛다. 색에 관해 쓰기로 결심한다는 건, 동어반복의 숙명을 받아들인다는 의미이며 열거법에 따르는 권태를 정면으로 끌어안고 갈 수 있는 데까지 가보겠다는 다짐이기도 하다. 글을 빌어서 먹고사는 사람으로서 추측건대, 그리고 방금 책을 덮은 독자로서 확신건대 오은이 책상 앞에서 감당한 과정은 아리아드네의 실타래로도 감당하기 힘든 미로인 동시에 황홀경이었을 것이다. 레드, 블루, 화이트, 옐로, 그린, 블랙에 관해 오은은 창의적으로 '오독'하고 즐거운 '말장난'을 무지개 형상으로 펼친다. 여섯 빛깔을 하나로 꿰는 실은 운율이다. 『너랑 나랑 노랑』은 기사, 일기, 편집, 희곡의 온갖 겉옷을 입고 있지만 끝내는 행갈이를 하지 않은 시집처럼 읽힌다. 그래서 책장을 넘기는 내내 표제 음악을 듣는 기분에 젖었고 세 페이지 걸러 한 번꼴로 누군가 이 문장들에 가락을 붙여 노래로 불러주면 좋겠다는 희망을 품었다.

너랑 나랑 노랑

© 오은 2012

초판 1쇄 발행 : 2012년 3월 28일
초판 2쇄 발행 : 2020년 3월 28일

지은이 : 오은

펴낸이 : 김민정

편집 : 정세랑 유성원
디자인 : 이기준

마케팅 : 정민호 나해진 최원석
홍보 : 김희숙 김상만 오혜림 지문희 우상희 김현지
제작 : 강신은 김동욱 임현식
제작처 : 영신사

펴낸곳 : 난다
출판등록 : 2016년 8월 25일
제406-2016-000108호

주소 : 10881 경기도 파주시 회동길 210
전자우편 : nandatoogo@gmail.com / 트위터 : @blackinana / 인스타그램 : @nandaisart
문의전화 : 031-955-8865(편집) 031-955-8890(마케팅) 031-955-8855(팩스)

ISBN : 978-89-546-1680-5 03810

이 도서의 국립중앙도서관 출판예정도서목록(CIP)은 서지정보유통지원시스템
홈페이지(seoji.nl.go.kr)와 국가자료공동목록시스템(nl.go.kr/kolisnet)에서 이용하실 수
있습니다.(CIP제어번호 : CIP2012001129)